シュガーアップル・フェアリーテイル

銀砂糖師と深紅の夜明け

三川みり

23491

角川ビーンズ文庫

CONTENTS

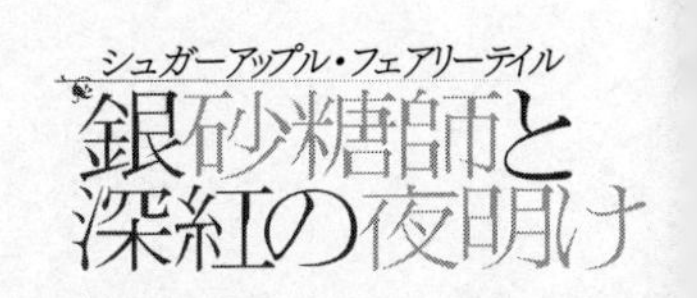

シュガーアップル・フェアリーテイル

CHARACTERS

アン
銀砂糖師の
少女

スカーレット
エイワース商会の主

ミスリル
賑やかな妖精

ジェイン
サイラスの現在の妻

サイラス
スカーレットの元夫

キース
砂糖菓子職人

ヒュー
銀砂糖子爵

物語のキーワード

砂糖菓子 妖精の寿命を延ばし、人に幸福を与える聖なる食べ物。

銀砂糖師 王家から勲章を授与された、特別な砂糖菓子職人のこと。

銀砂糖子爵 全ての砂糖菓子職人の頂点。

本文イラスト／あき

君、妖精を知らないの？

そうか。大陸から渡って来たばかりなら、知らないのも当然かな。

このハイランド王国にはね、妖精がいるんだ。人のように大きな妖精もいるし、小麦の粒のように小さな妖精もいるけど、みんな背中に二枚の羽がある。妖精と人間は、生まれ方も、寿命も、食事の方法すらも違うけど、ハイランドでは妖精と人は対等に暮らしているよ。

でも以前は、事情が違ってた。人間は妖精の片羽を奪って、使役していたんだ。随分酷いことだけど……、今はもうそんなことはない。妖精を売り買いする妖精商人ギルドでさえ、五十年も前に解散しているしね。

羽、綺麗？　ありがとう。でも触れないでね。妖精の羽は人にとっての心臓と同じで、命の源なんだ。とても大切なものなんだ。

なんだか眠そうだね。違う？

疲れてるけど眠れないのなら、君が眠くなるように、ハイランドの昔話をしてあげようか？

うん。いいよ。僕も退屈だったからちょうどいい。

ずっとずっと昔の話だよ。今から二百年の昔、ある日、ある場所で、銀砂糖師の女の子と一人の妖精が出会ったんだ。

銀砂糖師って、知らない？　君は本当に何も知らないんだね。

ううん、悪いことじゃない。誰でも生まれてしばらくの間は、知らないことがたくさんあるんだよ。僕だってそうだった。何も知らなかったもの。

いいよ、教えてあげる。

銀砂糖は知ってる？　砂糖林檎っていう木の実から作られる、白くてさらさらしたとても美しい砂糖なんだ。銀砂糖師っていうのはね、その銀砂糖から砂糖菓子を作る砂糖菓子職人の中で、最も優れた技術を持っているって王家が認めた最高の職人の称号なんだ。

お話、続けていい？　じゃ、続けるよ。

銀砂糖師の女の子と妖精は出会って、一緒に旅をしたんだ。最初は仲が悪かったけれど、いろんな困難をくぐり抜けて、いつしかお互いに恋をする。そして二人は結婚したんだ。

さっきも言ったけど、二百年前は人間と妖精がまだ仲良くできなかった時代なんだ。そんなときに二人は愛し合ったんだから、あの出来事はきっと——奇跡なんだと僕は思う。

　この辺りにはね、その二人が住んだ小さな家があったんだよ。

二人は、いつまでもいつまでも一緒に幸せに暮らしたんだ。

え？　嘘つき？　僕がどうして？

ああ、そうか。いつまでも——だったら、ここにはまだ家があって、二人がいなくちゃおかしいもんね。そうだね。君は賢いな。

ごめんね。僕は色々と言葉を省いてしまったから、誤解させたみたい。

二人はね、一緒に歩める限り、いつまでもいつまでも一緒にと誓い合って暮らしたんだ。

だから二人はね——。

一章　森の小さな砂糖菓子店

「心の準備は、いい？」

そう問いかけた、アン・ハルフォードの瞳は、相手の反応を期待して明るく輝く。自分の手で作りあげた砂糖菓子を、それを求めている人に披露するときは、アンの胸は期待と緊張でドキドキする。

細い銀灰色の枝に緑の葉を茂らせた、砂糖林檎の木々の森。その中にぽつんと建つ小さな家。その家でアンは、数日後に七歳の誕生日を迎える可愛らしい客の相手をしているところだった。

ここはアンの家で、仕事場も兼ねている。

相手と目線を合わせるためにかがみ込むと、麦の穂色より少しだけ金の輝きが強くなったアンの髪は、窓から射しこむ光に透け、さらに明るくなった。

アンと小さな客の前には、砂糖菓子を作るための作業台があり、その上には、白い布をかけられた砂糖菓子が一つ。アンは布の両端をつまんで問う。

「いい？　布、とるわよ」

青空のような瞳とまっすぐな黒髪の客は、幼いながらも真剣な表情で頷く。

そのしかつめらしい様子が、かえって可愛らしかった。

「では、ご覧ください」

布がもちあげられて砂糖菓子が現れると、小さな客は「わぁっ！」と、感嘆の声をあげた。

窓からの光に照らされているのは、両掌にのるほどの、小さな家の形の砂糖菓子。

一部分が二階建てになった家の砂糖菓子は、正面が店舗の構えになっており、そこに『パウエル・ハルフォード工房』の看板が掛かっている。

砂糖菓子で作られたこの家は現実にある建物を模したものだ。二階へ続く階段の頼りない狭苦しさや、雨樋の端が小さくへしゃげている細部は、実際の様子を写し取っている。

しかしそれでいて、わずかに丸みをおびて作られた屋根の形や、外壁の色の明るさや木目の美しさが、おとぎ話の家めいてもいる。現実にある家に、おとぎ話の魔法の粉をふりかけたようだった。その印象をさらに強くするのは、家の屋根や壁、扉が、小粒の宝石を交ぜ込んだようにきらきら光っているからだ。質素だが、整えられて心地よい、温かそうな家だ。

「うちだ！　見て見て、キース。これ『パウエル・ハルフォード工房』だよ！　可愛い」

小さく跳ねてはしゃぐと、見守っていた保護者の青年、キース・パウエルの腰に抱きつく。

「素晴らしいできばえだ。ミリアム、これで君の誕生日には、大きな幸福が約束されたんだ」

明るい茶の瞳で、キースはミリアムを見下ろして優しく頭を撫でた。

ミリアムはキースを離れ、アンの腰にも抱きつく。

「ありがとう。アン、大好き！　この砂糖菓子も大好き。わたし『パウエル・ハルフォード工房』大好き」

　ミリアムがこの家が大好きなのを知っていたから、アンはこれを作ったのだ。

　ミリアムは天涯孤独の身だったが、今はキースに引き取られ、彼の工房で暮らしている。ミリアムがキースのことを誰よりも慕っていることも、彼が営む、そして今は彼女の家でもある『パウエル・ハルフォード工房』が、今の彼女にとって最も幸福な場所であることも、アンはよくわかっていた。

「ありがとう、アン」

　キースが、感謝のこもった目をアンに向ける。良き友人である彼は、いつも物腰柔らかだ。

「こちらこそ、ありがとう。仕事をもらえて助かる。うちはキースのお店と違って、あんまりお客様は来ないし」

　冗談めかして言うアンに、苦笑いで応えたキースは、窓の外へ目を向ける。

「君のこの家は、ルイストンから離れすぎてるからね」

　アンの家があるのは、王都ルイストンの郊外。王都の人間がアンの家を訪ねようとすれば、行きに半日帰りに半日の、一日仕事になる。実際キースも、今日は仕事を休みにして、一日がかりのつもりで来ているはずだった。

「わたしはこの場所を気に入ってるけどね、シャルやミスリル・リッド・ポッドには、馬鹿にされ続けてるの。これじゃ、キャットと同じだって」

おどけて、アンは肩をすくめる。

一流の銀砂糖師なのに、なぜかいつも困窮している職人の名を聞いて、キースが噴き出した。キャットというあだ名をもつアルフ・ヒングリーという銀砂糖師は、王国で一、二を争う腕前の職人なのだが、商売が下手なこともまた王国一、二を争う。

その商売下手のキャットと同じと言われ続け、「貧乏まっしぐら」とか「随分商売がお上手だ」とか、ことあるごとにアンは、からかわれているのだ——同じ家に住む二人に。

この家にはアンと、あと二人が住んでいる。

この家は三人の家なのだ。

「あの二人が、あれこれ言う気持ちも、わからなくはないけど。でも」

と、キースは眩しそうに目を細める。

「多くの砂糖菓子は売れなくても、一人一人に向き合って、自分も顧客も、心から納得できるものを作っている。それが君らしいよ。君らしく、仕事ができていると思う」

今を全肯定する言葉に、アンは笑顔で頷く。

「何のかんの言っても性に合ってるの。ミリアムも、こんなに喜んでくれてるしね」

「うん、うん！　ありがとう」

頭をすり寄せてくるミリアムの喜びが、こちらにも染み渡ってくる。

こんなときは心から、砂糖菓子職人で良かったと思う。

ハイランド王国には砂糖林檎と呼ばれる木がある。その木になる赤い実を精製して作られるのが銀砂糖。それを使って砂糖菓子を作る者が、ハイランド王国では砂糖菓子職人と呼ばれた。

ミリアムの保護者であるキースも砂糖菓子職人だ。しかし彼はミリアムの誕生日のための砂糖菓子を、自分では作るつもりはないらしく、アンに依頼してきたのだ。

理由を問うと彼は、

『僕はまだ、銀砂糖師じゃないからね。ミリアムにはとびきりの幸福が訪れるような、銀砂糖師が作った砂糖菓子を準備してあげたい。でも今年は、僕が王家勲章を拝領するつもりだから、来年は僕も銀砂糖師になってるはずだ。来年こそは僕が作るよ』

と言って、微笑したのだ。

ハイランド王国王家が最高の腕前と認めた砂糖菓子職人は、銀砂糖師と呼ばれる。

年に一度、王家主催で開催される品評会に参加し、そこで王家勲章を授けられた者が毎年一人だけ銀砂糖師となるのだ。王国全土の銀砂糖師の数は、現在三十人に満たない。

王国がなぜ銀砂糖師と呼ばれる称号を、砂糖菓子職人に与えるのか――。

それは砂糖菓子に特別な力があるからだった。

砂糖菓子は、幸福を招き不幸を払う。甘き幸福の約束と呼ばれ、祝いや儀式には欠かせない。そして手に入れた砂糖菓子の形が美しければ美しいほどに、幸福を招く力は大きいのだ。

代金の二クレスを支払い砂糖菓子を受け取ると、キースとミリアムはアンと一緒に、家の外へ出た。二人は、自分たちが乗ってきた一頭立ての馬車の御者台にあがり、キースが手綱を握る。隣に座ったミリアムが、膝の上に大切そうに、布の覆いをかけた砂糖菓子を抱えた。

「砂糖菓子、落とさないようにね」と、キースが優しく注意を促すと、馬車が動き出す前にもかかわらずミリアムは、決意の表情で頷く。大切な使命を負う自分に、誰も話しかけてくれるなと言わんばかりだ。

キースは御者台の上から辺りを見回す。

晩夏の太陽が、眩しく降り注いでいる。

「ひと月半もしたら、砂糖林檎が色づくね。収穫時期だ」

家の周囲には、アンと同じくらいの背丈の木々が群生して小さな森を形成していた。細い幹に人の指ほどの小枝が無数に伸びる、華奢な木。枝先には、鶏の卵ほどの青い実がなっていた。木の実は秋が深まれば深紅に色づく。これが砂糖林檎の木だった。

砂糖林檎の実が赤く染まれば、砂糖菓子職人たちはそれを収穫して銀砂糖に精製する。職人たちにとって一年で最も忙しい、そして最も大切な時期が来るのだ。

「うん。もう少しね」

応じた声が弾む。その時期が近づくにつれ、アンは毎年気持ちが浮き立ってくる。

「そういえば、シャルとミスリル・リッド・ポッドは？」

アンの家に住む妖精二人の姿を探し、キースの視線が周囲に向かう。

「ミスリル・リッド・ポッドが育てている、色の砂糖林檎の木の世話に行ってるの。シャルはめんどくさそうだったけど、ミスリル・リッド・ポッドが無理矢理引っ張って行って……」

と、そこで、アンの声を遮る元気な甲高い声が、砂糖林檎の森に響いた。

「おおぉーい、アン！　アン！　手紙が来たぞ。手紙！　シルバーウェストル城の使いが来て、おまえ宛てにヒューから手紙が」

声の方向にふり返ると、砂糖林檎の森の奥から真っ白い封筒が、下生えの中をぴょんぴょん跳ねてやってくる――と、見えたが、違った。

掌ほどの小さな少年が、封筒を両手で頭上に捧げ持ち、跳ねながらこちらに向かって来ているのだった。彼の背には一枚、半透明に透ける羽がある。背にないもう一枚の羽は、スカーフのように首に巻いている。

彼は妖精だった。アンの友人であり――砂糖林檎の森の中にある小さな家に、アンと一緒に住んでいる、一人。ミスリル・リッド・ポッドだ。

「手紙？　ヒューから？」

アンとキースは顔を見合わせた。

ヒュー・マーキュリー。それは現在、王国の砂糖菓子職人の頂点にある、銀砂糖子爵の名だ。

「なんだろう、ヒューから手紙なんて」

首を傾げたアンだったが、キースはすぐに何か思い当たったような表情になる。

「この時期なら、あれかな？　去年から施行された、砂糖林檎収穫の取り決めに関しての手紙かもしれないね」

取り決めとはなんのことかと訊こうとしたが、元気な声が割って入った。

「なんだ、なんだ、キース!?　来てたのか」

少年妖精は近づいて来ると、最後には大きく跳躍し、アンの肩に飛び乗る。

「久しぶりだな、キース。そしてちっこい奴も！」

銀髪で湖水色の瞳の小さな少年妖精は胸を反らし、威張った態度で挨拶した。キースは、「久しぶり、ミスリル・リッド・ポッド」と笑顔を見せたが、ミリアムはちろりと横目で見返しただけだった。

「なんだよ。挨拶なしかよ、チビは」

不満らしい声に、ミリアムは膝に置いた砂糖菓子に視線をすえたまま答える。

「気が散っちゃうから、挨拶しない。それにわたし、チビじゃないもん」

「チビだろうがよ、どう見ても」

「あなたの方が、ずっとチビ」

「ななな、なんだとっ！　俺様のことをチビって言ったな、チビ！」

肩を怒らせて立ちあがり、今にもミリアムに向かって跳躍しそうなミスリル・リッド・ポッドを、アンは慌てて両手で捕まえた。この勢いでミリアムの方へ跳ねて行かれたら、砂糖菓子に被害がおよびそうだった。

「ちょ、ちょっと待って、ミスリル・リッド・ポッド！ 落ち着いて！ ねっ！」

「落ち着いていられるか――っ‼ チビにチビ呼ばわりされたんだぞ。はなせ、アン」

「待って、落ち着いて。だってミスリル・リッド・ポッドはチビじゃないもの！ なんていうか、ほら！ 心がものすっごく大きくて、誰よりも大きいもの！ 誰にも負けないから！」

ぴたりと動きを止め、ミスリルはアンをふり返る。

「誰にも負けない？」

「そうよ！ 誰よりも大きな心があるんだもの」

「ま、まぁなぁ～」

と、ミスリルが、にひゃっと目尻をさげたので、アンはほっとしかけたが。

「でも、体は、わたしよりチビ」

ぐさりと突き刺さるような、的を射た一言をミリアムが呟く。

（ミリアム――っ！ 正直すぎ！）

またもや青くなったアンと同時に、ミスリルもまた真っ赤になって暴れ出す。

「もうもう、ゆるさないぞ――！ 俺様は本気で怒った」

じたばた暴れるミスリルに、「心が、心が、大きいから」と言って、アンは必死に宥めようとする。アンと同じく、キースも焦ったように言う。

「ごめんね、ミスリル・リッド・ポッド。ミリアムは今、砂糖菓子に夢中で」

「それと俺様をチビ呼ばわりするのと、関係あるか！」

ミリアムは、自分の使命は投げ出せないと主張するかのように、頑なに膝の砂糖菓子から視線を外さない。

そのとき――。

「早く馬車を出せ、坊や。こいつが御者台へ跳ねていったら、砂糖菓子が壊れるぞ」

低い、しかし通りの良い心地よい声が、必死なアンの背後から響く。頼りになる人の声に、アンは思わず助けを求め、

「シャル！」

と、声の主の名を呼んで、ふり返った。しかしその一瞬気が緩んだのか、アンの手からミスリルが勢いよく飛び出していた。慌てて伸ばした手も空を摑む。

「チビを訂正しろ！　このチビっ……ぐぇっ！」

アンの背後から素早く伸びた手が、ミスリルを摑んだ。

「はなせっ！　シャル・フェン・シャル！　俺様はあのチビに、がつんと一言言ってやらないことには気がすまないんだ」

「どちらもチビだ。不毛すぎる」

心底どうでもよいといったような面倒そうな顔でミスリルを捕まえているのは、アンよりも頭一つ分背の高い、すらりとした立ち姿の青年だった。黒髪と、黒曜石のような瞳。睫に晩夏の太陽のきらめきが躍る。幾度も幾度も、毎日毎日、目にして一緒に過ごしているのに、アンは彼の姿に目を奪われ、心までも奪われる。こんなときですら。

(あ……綺麗)

彼──シャルの背にも、膝裏に届く半透明の羽が一枚ある。彼も妖精でアンの家に一緒に住んでいる一人である。この美しい彼が、恐ろしいほどの戦闘力をもつ戦士妖精だと、初対面の人間にはわかるまい。誰もが観賞用の愛玩妖精と勘違いするはずだ。

さらに知らない者はたいがい驚くことに、彼はアンの──。

「どっちもチビって言った」

不満そうな横目でミリアムが、シャルを見やった。暴れるミスリルを握りしめたまま、シャルは鼻で笑う。

「俺はおまえより背が高い。俺に言わせれば、ここにいる全員が俺よりチビだ。反論の余地があるか？　チビ」

うぐぐっとミリアムは口をへの字に曲げ、砂糖菓子に視線を戻す。

「すっごく腹が立つけど、許してあげる。でもね、あなたがアンの夫だから、許してあげるんだからね。そうじゃなきゃ、絶対絶対、許さないんだからね」

「そうか。アンに感謝しておく」

　さらりと口にすると、まるで見せつけるように、ミスリルを握っていない方の手で、アンの腰を抱き寄せた。

（えっ⁉）

　急なことにどぎまぎして、耳が熱くなるのだが、彼は当たり前のような顔をしている。

（そっか。これ、普通なのかな。夫婦だから……普通？）

　シャルは——アンの夫なのだ。

　昨年アンとシャルは結婚した。もうすぐ一年が経とうとしているが、夫婦のあり方というものが今ひとつ理解できず、度々こうして戸惑ってしまう。アンは物心つく前から、母と二人きりだったのだ。父親はアンが生まれてすぐに内戦で亡くなったと聞いていた。

　結婚して一年も経つのに戸惑いが多いのは、夫婦の正しいふるまいのお手本が、身近になかったせいなのかもしれない。

　しかしシャルのふるまいも、夫婦として正しいのかは怪しい。彼はことあるごとに、アンの腰を抱いたり引き寄せたりする。世間の夫婦と比べると、過剰な気もするのだが——。

　シャルが握りしめたミスリルは未だに、「放せ、放せ」と暴れているが、どうにかこの場が収まったことにキースはほっとしたらしく、息をつく。

「久しぶりだね、シャル。久しぶりに会ったのに、いきなりこれで申し訳ないけど。とにかく助かった。ありがとう。せっかくアンに作ってもらった砂糖菓子がどうなるか、ひやひやした」

「いつものことだ。気にするな。気をつけて帰れ」

礼を言うと、キースは手綱を握りなおし、馬車を出した。

ミリアムは去り際にアンに感謝の笑顔を見せてくれたが、直後くるっと表情を変え、シャルと、彼に握られたミスリルに向かって舌を出す。キースが「こらっ」と優しく叱ると口をとがらせたが、それでも「ごめんなさい」と謝るのが聞こえた。

「あのチビ許さん!」

ミスリルはかんかんに怒っていたが、アンは去って行くキースとミリアムの様子を見て、胸が温かくなる。親子というにはキースは若すぎるが、年の離れたぎこちない同居人だった二人が、家族に似た関係を築きつつあるのが微笑ましい。

(家族……)

その言葉が胸の中に浮かぶ。

アンの母親は、アンが十五歳のときに亡くなった。

天涯孤独になったアンだったが、シャルやミスリルと出会い、様々な出来事を経て今——夫であるシャルが側にいる。そしてひとつ屋根の下には、ミスリルもいる。

キースたちの馬車を見送るシャルの横顔を、なんとなく見つめた。

(シャルと、ミスリル・リッド・ポッドが、わたしの家族)

嬉しいようなくすぐったいような気持ちが、胸の中でふわふわする。これが幸福というものだろうか。結婚してもうすぐ一年になるが、幸福感に慣れるどころか、日増しに大きくなるのは気のせいだろうか。

「なんだ？」

視線に気づいたらしく、シャルが不審げに問う。

「なんでもない。それよりヒューからの手紙は、どこに行ったの？　ねぇ、ミスリル・リッド・ポッド」

　シャルの手の中で「放せ」と大騒ぎしていたミスリルだったが、問われて、正気づいたようにきょとんとする。

「え……そういや手紙。俺様、どこに……あ、あった！」

　察したシャルが手を緩めると、ミスリルはむぐぐっと手の中から抜け出し、すこし離れた場所に落ちていた手紙を拾い、アンの肩に跳ね戻ってきた。

「危ない、危ない。あやうくなくすとこだったぜ。あのチビのせいだ」

「ヒューからの――仮にも銀砂糖子爵様からの手紙を紛失したら、大変」

　ミスリルから手渡された手紙の封蠟は、間違いなく銀砂糖子爵の紋章。封を開き、手紙の文面に目を通すにつれ、アンの眉根に皺が寄る。

「どういうことかな、これ」

「奴は、なんと言ってきた」

シャルに問われ、手紙から視線をあげる。

「意味が、よくわからないの。『銀砂糖子爵の名において、派閥に属さない職人の代表にアン・ハルフォードを選出する』って、そう書いてある」

「それだけか？」

「ううん。続きがあって、『ついては六日後、シルバーウェストル城に来られたし』だって」

要するにアンは何かに選ばれ、そのために銀砂糖子爵から招集を受けているらしい。キースは砂糖林檎収穫の取り決めについてだろうと口にしていたが、それはどういう意味か。収穫についての取り決めなど、聞いたことがない。詳しく質問すれば良かったと後悔する。

「行くのかよ、アン。ヒューの奴、時々えげつないことしやがるからなぁ。なんか心配だ」

手紙をのぞき込んだミスリルは、胡散臭そうな顔をする。

「確かにヒューはたまに強引だけど、銀砂糖子爵の命令は無視できない。行かなくちゃ。それに、シャルもミスリル・リッド・ポッドも、一緒に来いって書いてあるし」

「あっ！　ヒューの野郎！　追伸で『おまけも同行されたし』って書いてるぞ」

ミスリルが眉を吊り上げた。

「うん、だからこれってシャルとミスリル・リッド・ポッドも一緒に来いってことで」

「俺様をおまけあつかいなんて許さないぞ、ヒューの奴。色の妖精になろうかっていう、このミスリル・リッド・ポッド様に無礼だ。行かないからな、俺様は」

　ぷんすか腹を立てたミスリルだったが、シャルの方は無言だ。

（おまけ呼ばわりされたら、面白くないわよね。ヒューも、こんな書き方しなきゃいいのに）

　ちょくちょく、この程度の意地悪をするヒューに内心呆れた。

「これは尊厳の問題だからな。なっ！　おまえも行かないよな、シャル・フェン・シャル」

「行く」

　あっさりとシャルが答えたので、ミスリルはアンの肩の上でずっこける。

「なんで行くんだ!?」

「妻を一人旅させる気はない」

（でで、出た……！　妻……っ！）

　妻と呼ばれ、慌てて顔を伏せた。結婚して以降、何度となく妻と呼ばれるが、まったく慣れない。呼ばれる度に恥ずかしくなって、シャルの顔をまともに見られない。

（慣れない。ぜんぜん慣れない。というか、これは慣れる日が来るの？）

　アンの様子に気づいたのか、シャルが、ふっと笑った気配がし、いきなり耳に顔を寄せてきた。

「まだ慣れないか？　慣れるために、もっと頻繁に呼んでやろうか？」

（シャルってば意地悪い――っ！）

耳に触れた吐息に動揺し、さらに頬を赤らめるアンを見て、ミスリルが目を輝かせる。

「おおおっう!? そうか……そうか、うん! シャル・フェン・シャルの奴が行くんだよな。よし、だったら俺様も絶対に行くぞ。アンとシャル・フェン・シャルの仲良しいちゃいちゃ旅を傍らで堪能するのは、めちゃくちゃおいしい娯楽じゃないか!」

シャルは冷めた目で、鼻の穴を膨らませる小妖精を見つめた。

「旅に出る準備で、まずこいつを始末するか?」

「それはちょっと……まあ、とにかく三人で行けるね、ウェストル」

恥ずかしさの余韻を引きずりつつ、アンは強ばった笑顔を作る。

なぜアンが招集されたのか、わからない。何か面倒事はありそうだ。しかし。

(三人そろって旅に出るのって、久しぶり)

この家に落ち着くまで、三人は旅から旅の生活をしていた。それを思い出して懐かしい気持ちになると、今もまたこうしてそろって旅に出られるのが嬉しくなった。

よしと、気合いを入れて腕まくりする。

「旅の用意をしなくちゃ!」

はずんだ声で旅の宣言をしたアンは、肩に乗ったミスリルと、あれが必要だこれが必要だと話しながら、足取りも軽く家の中へ向かっていく。

その溌剌とした背中を見ると、シャルは自然と口元がゆるむ。

(幸せそうだ)

結婚式から、もうすぐ一年——。

互いに覚悟し、それが互いにとって最も幸せな選択だと確信したからこその婚姻だった。しかしやはり、覚悟が必要だということは、懸念や不安があるからこそなのだ。

だからシャルは、アンが幸せそうであれば心の底から安堵する。

アンとともにあり続けたいと願うので、可能な限り、厄介事をこの家に近づけたくない。静かに暮らせるこの場所を得るまで、様々なことがあった。やっと手にいれた穏やかな時間と住処を、誰にも踏み荒らされたくない。

(銀砂糖子爵の招集が、面倒なことでなければいいが)

風が吹き、砂糖林檎の枝が揺れ、強い日射しが鋭くちらちらと家の壁に躍る。

「シャル?」

一旦家の中に入ったアンが、ひょこりと戸口から顔を出す。

「入らないの? お昼ご飯にしない?」

「今行く」

下草を踏み、温かな小さな家の戸口で待つ妻のもとへと向かう。

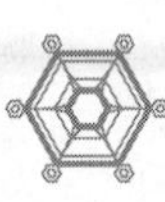

アンは砂糖菓子職人であり、銀砂糖師の称号を受けて最高の職人と認められている。しかしハイランド王国で最も優れた砂糖菓子職人は、銀砂糖子爵に違いなかった。

銀砂糖子爵とは、砂糖菓子職人の頂点。王家のために砂糖菓子を作る職人として、王家が子爵の称号を与えて抱える職人だ。そして銀砂糖子爵はそればかりでなく、王国全土の砂糖菓子職人を統括支配する権限がある。

現在の銀砂糖子爵の名は、ヒュー・マーキュリー。

砂糖菓子職人の四つの派閥のうちの一つ、マーキュリー工房派の長でもある。

今から二年前、砂糖林檎の精製ができなくなる事態が起こった。銀砂糖が失われ、王国に幸福を招く力が消えると思われたそのとき――、王命を受け、全土の職人を招集、指揮し、王都ルイストンの街路を埋める大規模な砂糖菓子を作らせたのが、ヒュー・マーキュリーだ。その巨大壮麗な砂糖菓子の幸福を招く力によって、砂糖菓子はハイランド王国に残った。

銀砂糖子爵ヒュー・マーキュリーは、職人としての腕もさることながら、砂糖菓子最大の危機をのりこえた銀砂糖子爵として、歴史に名を刻まれるはずだった。

その銀砂糖子爵の居城が、北部の街ウェストルにあるシルバーウェストル城だ。

「近づいてきたね、シルバーウェストル城。いつ見ても綺麗なお城」

箱形馬車の御者台で、アンは手綱を握っていた。

王都ルイストン郊外の自宅を出発し、三日目の朝。ようやくウェストルに到着した。

ウェストルへの旅には、母親エマの形見でもある箱形馬車を使った。

この馬車に三人で乗り込んで行く旅路は、かつてシャルやミスリルと出会った最初の旅を思い出させた。あれは四年前のことだったが、色々な出来事があり、アン自身も変わったためか、随分昔のことのような気がする。

ウェストル市街の、ゆるやかな坂道をのぼりつつ、前方に近づく白亜の城を見あげる。晩夏の朝日の眩しさに、額に掌をかざす。

「あの食えない男の住処には、もったいない城だ」

シャルはアンの隣に座り、腕組みし、長い脚をもてあましぎみに組みつつ、迫る城に向かって失礼な感想を口にする。

ヒューと会うのは、アンとシャルの結婚式以来なので、おおよそ一年ぶり。銀砂糖子爵の彼は多忙で、一職人であるアンと会うことは滅多にない。会うとすれば、それはシャルやミスリルが危惧するとおりに、何事か重大事あってのことだった。

銀砂糖妖精が秘匿してきた技術の継承を命じられたり、銀砂糖妖精を育てるための仕事に従事するように命令を受けたり、あるいは王国全土の職人を巻き込む、大規模な砂糖菓子を制作するためだったり――。

（ヒューが悪いわけじゃないけど、あの人が動かざるを得ないときっていうのが、厄介なときだから必然的にそうなるのよねぇ）

王国北部で生産される毛織物の、流通の中継地として栄える街。それがシャーメイ州の州都ウェストルだ。

ゆるやかな傾斜地に広がるウェストル市街。その斜面の一番上は開けた台地になっており、森に囲まれた湖があった。湖を挟んで白と黒、色彩こそ違うがそっくりな城が向かい合う。

黒い色彩の城は、シャーメイ州州公であり銀砂糖子爵後見人でもある、ダウニング伯爵の居城ウェストル城。

もう一方の白い城が、シルバーウェストル城だ。

白い石で外壁が覆われた天守の優美な姿と、それを囲む森。城と森を映す湖面が、城に荘厳で神秘的な雰囲気を与えている。砂糖菓子職人の聖地と言われる城にふさわしい佇まいだ。

およそ二十年前にあった内乱の後に建設された、住み心地と建造物としての美しさを求めた城だ。そのため城門に、いかめしい落とし格子などもない。

門を守る兵には事情が通じているらしく、アンが名乗ると、すぐに迎えの使用人が現れ、馬車ごと門の内側へ導かれる。馬車を預け、城内へ入り、客人の滞在用とおぼしき部屋の扉の前まで案内された。

アンの肩の上で、使用人が去って行く背中を見送りながら、

「三人一緒の部屋かよ。シャル・フェン・シャルの奴と寝るのは、嫌だな」

と、ミスリルがぶつくさ言う。するとシャルが至極まじめに応じる。

「安心しろ。俺もおまえの歯ぎしりは耐えがたい。夜中に放り出してやる」

「俺様じゃなくて、おまえが出て行け」

「ええっと、でもね、でもね。三人っていいじゃない？　にぎやかで楽し……ひゃっ！」

いがみ合う二人を宥めながら扉を開いたが、その瞬間、驚いて小さく悲鳴をあげた。

「どうした!?」

アンの肩を抱き、庇うようにしてシャルが一歩前に出たが——、部屋の中を目にした彼の顔に、うんざりしたような色が浮かぶ。

「どうしてそこにいる、銀砂糖子爵」

「よう、ハルフォードご夫妻。そして未来の色の妖精。どうしてって、ここは俺の城だからな」

正面にある掃き出し窓の外は、バルコニーになっていた。窓は開かれ、カーテンが微風にそよぎ、光が部屋の床に明るく注ぎ込んでいた。

窓を背に長椅子が置かれており、そこに脚を組んで悠然と、男が一人座っている。簡素だが仕立ての良い服を身につけているが、上品な仕立ての布地には収まりきらないような、野性味を感じさせた。奔放に撥ねる茶の髪をぞんざいになでつけ、目に面白そうな色を浮かべている。

彼こそ銀砂糖子爵、ヒュー・マーキュリー。

「ここは、招かれた銀砂糖師が使う部屋だと聞いたが？」

「ああ、そうだ。使えよ。遠慮なくな」

睨みつけるシャルと、まったく悪びれないヒューに、アンは旅の疲れをどっと感じる。

「ヒュー……。わたしたちを驚かせて、面白い？」

「面白いな」

人の悪いことを堂々と認めて立ちあがると、壁際のチェストへ歩みを進め、そこに置かれた書類の束をめくりはじめた。めくりながら、ひらひらと手を振る。

「まあ、入れ。間違いなくこの部屋は、おまえさんたちのために用意したんだ。俺の執務室に呼びつけてもよかったんだが、面倒でな。三人が到着した知らせを受けたから、自分で来た」

部屋には大人三人が悠々と眠れるほどの、天蓋つきのベッドが置かれ、洗面用の水差しなども準備されているので、客人を泊める部屋に違いない。

中に入ったアンは、部屋を見回した。

「サリムさんは？　一緒じゃないの？」

ヒューはいつも、大陸生まれの褐色の肌の青年を護衛として傍らに置いている。常に影のように近くにいるはずの、ネコ科の獣を思わせる精悍な姿がない。

「城の中にはいるさ。さすがに城中で護衛は必要ない。俺も一人で歩くし、あいつも城にいる時くらいはのんびりさせてやりたい」

「そうか。自分の家だもんね、ここ。ヒューにとっては」

この豪壮な建造物が人の住処という感覚が、アンには今ひとつ飲み込めない。

「羨ましいか？　なんならシャルと離婚して、俺と結婚するか。ここに住めるぞ」

にやにやしながら言う。間違いなく冗談なのだが、心底、質が悪い。その質の悪さにシャルの目が鋭くなってくる。ヒューは、シャルの反応を面白がるように言葉を重ねる。

「そこで怖い顔してる夫なんか、ぽいと捨てりゃいい。おまえさんも、近頃めっきり女らしくなったからな。歓迎するぜ」

「え〜と。……ヒュー……その冗談は、ちょっと」

ヒューが銀砂糖子爵でなければ、ぴしゃりと反撃もできるのだろうが、いち砂糖菓子職人としてはそうもいかない。アンが弱り果てて制止しようとするが、それをシャルが真顔で遮る。

「俺の妻に訊く。この男を喋れなくしても問題ないか？」

「いやいやいや、問題あるから！　駄目だって。ヒューは冗談を言ってるだけで」

シャルの腕にすがりつくアンだったが、肩の上ではミスリルが深く頷く。

「うん。冗談でも質が悪いから、軽く捻っていいかもな」

「捻ったら駄目だってば、二人とも！」

「ひどい奴らだなぁ、人の恋路を」

「だから、ヒューってば！」

冷や汗をかくアンとは対照的に、ヒューはにやついている。肩をすくめながら、大股に歩いてきてシャルの肩をぽんと叩く。

「ま、馬鹿な挨拶はこのくらいだ。落ち着けよ」

忌々しげにシャルは、横目でヒューを睨む。

「キャットがおまえを嫌いな理由が、よくわかる」

「今度キャットに会ったら、俺の悪口で盛りあがってくれ。さあ、ほら、アン。荷物を運べよ」

自分で場を乱しながら、まるでアンがもたついているかのように促すと、ヒューは再び壁際のチェストの方へと向かう。

(本当に、こんなんだからキャットに嫌われるんだわ、ヒューって)

銀砂糖子爵と並ぶ腕前と称される銀砂糖師キャットは、ヒューの弟弟子だったが、ヒューのことをぼけなす野郎と呼んで毛嫌いしているのだ。

アンが荷物をベッドの傍らに置いている間に、ヒューが書類の束と、筒状に丸められた地図らしきものを手に長椅子に戻ってきた。

「呼びつけて悪かったが、昨日まで会議があって動けなかったからな。やむなく来てもらった」

目顔で促され、アンはヒューの前にある、一人がけの椅子に腰を下ろす。

「手紙には、『銀砂糖子爵の名において、派閥に属さない職人の代表にアン・ハルフォードを選出する』って書かれていたけど。キースに訊いたら、砂糖林檎収穫の取り決めについてじゃないかって。でもわたし、その取り決めって知らない」

「昨年、砂糖林檎の収穫時期は、おまえさんの状態が良くなかったからな。何も知らせていなかった」

そのときのことが思い出され、頭をさげる。

「去年は、ごめんなさい。わたしは自分が気遣われていることにすら気づけなくて。随分ヒューに心配も、迷惑もかけたと思うの」

一昨年の秋から去年の秋の砂糖林檎の収穫時期まで——シャルの生死がわからず、アンは哀しみと不安の中で過ごしたのだ。自分ではいつものように振る舞って、いつものように仕事をしていたつもりだったが、周囲の目には、危なっかしく映っていたのだろう。

「謝ることじゃない。俺はおまえたちの一番近くにいて、何もかも承知していたんだからな」

ヒューは目を細めた。今のアンとシャルを心から祝福するような、いたわりが滲んでいる。

「まあ、て、ことで。去年、アンには知らせてなかったが、砂糖林檎収穫に関して、銀砂糖子爵の名において大きな取り決めが一つできあがった。砂糖林檎の収穫統制だ」

砂糖林檎は人の手で栽培できない。砂糖林檎の木が自然に芽吹き、成長し、森となったものを利用するしかないものだ。

なぜ人の手で育てられないのか？

それはビルセス山脈の奥地に砂糖林檎の木の親があり、全ての砂糖林檎の木々がそれと気脈を通じているからなのだが――ごく一部の者しかその事実を知らない。

人が砂糖林檎を栽培して収穫するのが不可能なため、砂糖菓子職人たちは砂糖林檎の確保に躍起になる。砂糖林檎の森を各々で見つけ、土地の所有者と交渉し、あるいは見捨てられた土地であれば争って収穫し、砂糖林檎を確保する。

砂糖菓子職人の四大派閥に属していれば、派閥の組織力で砂糖林檎の確保は容易だ。しかしアンのように派閥に所属しない職人は、毎年砂糖林檎の確保に腐心する。

「三年前の砂糖林檎の凶作、そして二年前の砂糖林檎の精製が不可能になった事態――、これを受けて俺は、砂糖林檎の収穫を統制する必要性を感じた。異変があったとき、速やかに対処できるルール作りの基礎が必要だ。そこで去年、けっこうな人手を使って、王国全土の砂糖林檎の森の場所を調査させた。見ろ。これがそうだ」

長椅子に置かれていた、筒状に丸めた地図を手に取ると立ちあがり、ヒューはベッドへ向かう。整えられたベッドの上に地図を広げた。

ベッドの半分を占める、巨大な王国地図だ。そこに砂糖林檎の森とおぼしき記号が、至る所に無数に書き込まれている。印は、大小様々。まんべんなく全土に散らばっている。砂糖林檎の森がある場所に法則性はない。

「凄い……。本当に全土」

調査には最低でも一年は必要で、費やされた人員も相当数だろう。それを考え指揮し、成しとげたヒューの手腕に感嘆した。彼は先々を考え、着実に手を打っている。

質の悪い冗談でアンを困らせても、結局、彼を銀砂糖子爵として尊敬できるのは、砂糖菓子を作る技術はもちろんなのだが、こうして思慮を重ねて実行する力があるからだ。

興味深げにミスリルもアンの肩の上からのぞき込み、目を丸くしている。

「それで？」

アンと並んで地図を見おろしながら、シャルがヒューに先を促す。

「王国全土の砂糖林檎の森は、ほぼ把握できた。さらに土地の所有者と、収穫に関しての交渉も済ませた。砂糖林檎を収穫する対価として、所有者へ一定の報酬を出す。報酬額を決め、それは銀砂糖子爵から支払う」

アンは首を傾げる。

「要するに、王国全土の砂糖林檎は銀砂糖子爵のものになったってこと？　じゃあ、職人たちはどうやって砂糖林檎を確保するの？」

「銀砂糖子爵が把握して確保した王国全土の砂糖林檎を、四つの派閥と、ホリーリーフ城と、派閥に所属していない職人の集団で分配する。昨日まで、そのための会議がこの城で開かれていた。集まったのは、ペイジ工房派長代理コリンズ。マーキュリー工房派長代理キレーン。ラドクリフ工房派の長ラドクリフ殿。そしてホリーリーフ城の代表として、キャットだ」

そこまで聞き、アンは跳ねるように顔をあげてヒューにふり返った。

「あの手紙！　派閥に所属していない職人の代表が、わたしってこと⁉　そういうこと⁉　でも会議は昨日終わっているんでしょう？　じゃあ、派閥に所属していない職人たちに分配される砂糖林檎は、確保できていないの？」

焦りのために詰め寄るが、その勢いをいなすようにヒューは手を振る。

「早合点するな。会議は形式的なものだ。考えてみろ。話し合いで分配を決めろと言ったところで、各派閥の我のぶつかり合いで、時間だけを無駄に食う。そこで俺が、各派閥に所属する職人の数、ホリーリーフ城で一年に必要な量、さらには派閥に属さない職人たちの数を調べて、その数によって公平にふりわけた。それを承認させるためだけの会議だ。そして連中には承認させた」

考えてみれば、それが利口なやり方だろう。

「おまえさんを派閥に所属していない職人の代表としたが、便宜的なものだ。書類上記されるだけで、名ばかりだと思って差し支えない。無所属の職人で銀砂糖師の称号をもつのは、キャットとおまえだけだ。キャットはホリーリーフ城の代表にしてあるから、必然的におまえさんになってる。去年は、おまえさんの代理ってことで、パウエルを任命したがな」

「会議に出る必要がないのは、わかったけど。だったらどうして、わたしが別の日に呼ばれたの？　どうせ呼ぶなら、昨日呼べば……」

「おまえさんを呼んだのは、会議とは別件だからだ。おまえさんの個人的な事情に関わるかもしれんからな、落ち着いて相談したかった。だからあえて会議の日を避けた」

まず話を聞けというように、ヒューはベッドに広げられた地図の一点を指さす。

「ここを見ろ」

示されたのは、ウェストルの北に位置する、砂糖林檎の森。大規模な森だ。

「この土地の所有者が交渉に応じない。地理的に使い勝手の良い、しかも規模の大きな砂糖林檎の森だが、このままでは収穫はできん。この土地の砂糖林檎は無駄になる」

「なあ、ヒュー。おまえって銀砂糖子爵だろう？　けど、その称号は、わりと役立たずなのか？　交渉してもらえないなんてさ」

さらりとミスリルが、とんでもなく失礼なことを言うが、ヒューは気にした様子もなく肩をすくめる。

「去年までは、役に立ったんだぜ。去年は、この土地の所有者はすんなり交渉に応じ、砂糖林檎も収穫したからな」

「今年、急に交渉に応じなくなったということか？　理由は」

シャルの問いに、ヒューは首を横に振る。

「わからん。今年の交渉に向かった俺の代理人が、突然、『銀砂糖子爵とは交渉しない』と突っぱねられた」

「その話と、こいつを呼び出した理由、どうつながる」

警戒の滲む声音で、シャルが問う。厄介事が降りかかる——。そんな予感があるのだろう。

アンも、微かにそんな気配を感じ始めていた。

「土地の所有者の名は、スカーレット・エイワース。ウェストルを拠点として毛織物をあつかう商人だ。知っている名か？　アン」

「聞いたことない名前だけど」

眉間に皺を寄せ、ヒューは考え込むように顎に手をやる。

「そうなのか？　知り合いの可能性が高いと思っていたが……。まあ、とにかくだ、そのスカーレット・エイワースは、銀砂糖子爵と交渉はしないと突っぱねた。だが彼女は後日、ある人物を銀砂糖子爵の代理とするなら交渉してやってもいいと、手紙をよこしてきた。彼女が交渉の代理人に指名した人間は、——銀砂糖師エマ・ハルフォード」

ヒューの口から出た意外な名に、息を呑む。

「銀砂糖師エマ・ハルフォードって……ママ？　でも、ママはもうずっと前に亡くなって」

「そうだ。ただ、旅から旅の生活をしていたエマの死を、エイワースが知らない可能性はある。

それだけならば、エマは亡くなったと知らせ、もう一度銀砂糖子爵と交渉しろと伝えればすむだけだが。もう一つ妙なことがある」

「妙って？」

「エイワースの代理として手紙をよこした人物は、ギルバート・ハルフォードだ」

「ハルフォード……？　ママとわたしと、同じ姓」

「おまえさん、知らないのか」

驚いたように問い返される。アンは、きょとんとするしかない。

「何を？」

「以前俺は、先代のダウニング伯爵に命じられ、アンの父親について調べたことがある」

先代のシャーメイ州州公で、銀砂糖子爵後見人だったダウニング伯爵と、アンは何度か言葉を交わしたことがある。その伯爵が引退するきっかけとなった事件のおり、伯爵の口からアンの父親についての話が出た。

「覚えてる。あれはストーさんとの交渉で、ノーザンブローに行ったときだったと思う。先代のダウニング伯爵から、パパは馬車の職人だったけれど、内戦に巻き込まれて死んだって。ママとわたしが旅をしていた馬車は、パパが作ったものかもしれないって聞いたことがある。もしかしてあれを調べたのが、ヒューだったの？」

「そうだ。アンの父親は馬車職人で、十七年前に内戦で死んだ。俺が調べた限りでは、そうだ。

死んでいるはずだ」

「それでギルバートって人は、ママやパパとどんな関わりがあるの？」

一拍おいて、ヒューは静かに答えた。

「父親だ。ギルバート・ハルフォードは、アン、おまえさんの父親の名だ」

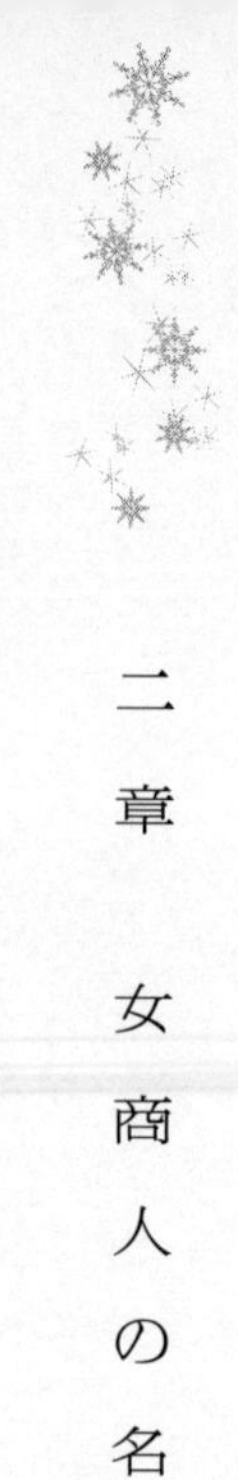

二章　女商人の名は赤

「え……」

　と声が出たきり、次の言葉が見つからなかった。

（死んだパパから、手紙？）

　それがどんな状況なのか飲み込みかねて、咄嗟に質問すら思い浮かばない。

「同姓同名の、別人の可能性もあるはずだ」

　シャルがそう口にすると、ヒューも頷く。

「俺も差出人の名だけ見た最初は、偶然の、同姓同名かと思った。だが、この手紙が同封されていたんじゃ、そうも考えられない」

　懐から、ヒューは一枚の紙を取り出す。

「エイワースが砂糖林檎の収穫については、エマと交渉を望んでいるという手紙に、この手紙も同封されていた。これをエマに渡して欲しいと添え書きがあった。ギルバート・ハルフォードから、エマ・ハルフォードに宛てて書かれたものだ」

　シャルが眉をひそめ、ミスリルは不思議そうに目をぱちぱちさせている。

「これが質の悪い悪戯か、何かの策略か、ひょっとすると事実か、俺にはわからん。この手紙を読んで、判断できるのはおまえさんだけだろう、アン。おまえさんはどう思う？」

渡された手紙を広げ、アンは文字を目で追う。

『愛するエマへ

突然こんな手紙をもらって、君は戸惑うだろう。元気にしているかい？

アンは随分、大きくなっただろうね。

僕が作った馬車を、君はまだ使ってくれているだろうか。それとももう、新しい馬車に乗り換えてしまっただろうか。君の背丈に合わせてしつらえたつもりだったけれど、作業台の上にある棚の位置が、少し高かったのを後悔してる。君はつま先立ちで棚に手を伸ばして笑っていたけれど、やはり職人としては気になる。

できれば、また君に会いたい。

君がエイワースとの交渉を引き受けてくれたら、また君と会えるかもしれない。

愛を込めて　ギルバート・ハルフォード』

「棚の位置って……」

思わず、口にしていた。

「馬車の荷台に作り付けられている作業台は、ちょうどママの背丈に合っていた。でも作業台の上の棚は、位置が高かった。使いにくいねって言ったら、ママは、『つま先立ちで届くから』って笑ってて」

エマとアンが長年旅で使ってきた馬車は、砂糖菓子の作業場もかねている。

砂糖菓子を作る作業場は、砂糖菓子の守護聖人、聖エリスの実の粉で清められる聖なる場所。エマも作業場を神聖なものとして大切にしていて、他人を入れることはなかった。

今も同じ馬車を使い続けている、アンにしてもそうだ。

馬車の内部、しかもその造作の詳細まで知れる者は、ほとんどいない。

さらに。

(もし今誰かがパパの名を騙っていたとしても、この手紙は書けない)

荷台の内部は、隙を見て探ることができるかもしれない。しかし内部の造作が、エマにとってどの程度の使い勝手だったかはわからないはずだ。エマは四年も前に亡くなっている。

馬車の内部を熟知し、しかもエマが生きているときに、そこに立つ姿を知らなければ、この手紙は書けない。

「これを書いた人は、知ってるんだ。ママのことも馬車のことも、わたしのように詳しく」

「おまえさんは、父親の可能性があると思うか？」

「可能性はある……と、思う」

死んだとエマから聞かされているし、ヒューの調べでも死んでいるはずの、アンの父親。その人からの手紙の可能性がある——ということは。

「パパは生きてる？」

顔も知らない父親だが、生きているとしたら、一度は会ってみたいかもしれない。どんな人なのか知りたい。そんな好奇心のようなものを、わずかに覚える。

「でも生きているなら、ママが生きているときになんでこんなふうに、手紙をくれなかったんだろう。わたし、ママがパパからの手紙をもらったなんて記憶ない。なんで、今？」

会ってみたくはあるが、不可解は大きい。

「このギルバート・ハルフォードなる人物が、アンの父親かそうでないかは、わからん。しかし砂糖林檎の森がある土地を所有するスカーレット・エイワースは、エマとの交渉を望んでいる。これが現状だ。そして、ここからが本題」

険しい顔で、ヒューはアンに視線をすえる。

「銀砂糖子爵としては、エイワースの土地にある砂糖林檎を無駄にしたくない。あの森はかなりの規模だ。銀砂糖が少しでも多く、職人たちに行き渡るように砂糖林檎を確保したい。そこでだ、エイワースが交渉相手にと望むエマが亡くなっている今、代わりに、娘のおまえさんに交渉を頼みたい」

「わたし？」

重々しく、ヒューは頷く。

「エマを指名しているということは、エイワースは何らかの理由でエマを知っている。あるいは直接知らなくとも、交渉相手となりうると見ている。エマに対して何らかの思い入れがあるとするなら、俺やその他の者に比べて、娘が行く方が、交渉に応じてくれる可能性は高い。無論こちらから事前に、エマが亡くなっていること、代わりに娘を交渉役に立たせたい旨は先方に知らせる。彼女がそれに応じれば、交渉に行ってもらいたい」

ベッドの上に広げられた地図に視線を向け、砂糖林檎の森が示された範囲を確認する。

（とても大きな森。この規模だったら、わたしが使う銀砂糖、二年分は確保できそう）

誰の手にも触れられず、砂糖林檎が朽ちるだけなのは惜しい。職人ならば誰でもそう思うし、そう思うことは職人にとって強烈な誘惑になる。

腐り落ちていくだけならばと、魔が差した職人が砂糖林檎を盗みに来るかもしれない。そんなことがあれば砂糖菓子職人そのものの評判が落ちるし、また、ヒューが決定した収穫のルールも崩れていくかもしれない。

「こいつが交渉に行って、厄介なことに巻き込まれたらどうする、銀砂糖子爵。両親の名が持ち出されている時点で、これ以上ないほど怪しいぞ」

「妙なのは百も承知しているし、厄介事にならないと保証はできかねる。だがスカーレット・エイワースはウェストルで名の知れた大商人で、州公の覚えもめでたい。愚かな人物ではない。

だが危なっかしいとは思うから、おまえさんも一緒に招待したんだ、シャル。護衛としておまえが一緒なら、多少のことは切り抜けられるだろうからな」

どうすると目顔でシャルに問われ、アンは手紙と地図を見比べる。

「パパかもしれない人に会えるなら、会ってみたいけど——急に現れるなんて、変な話だなって思う。だから無理して、会いたいなんて気持ちにならない。けど……砂糖林檎が」

幸福を招く赤い実のことを、思う。

「このままだったら、たくさんの砂糖林檎が収穫もされずに、腐り落ちるんでしょう？」

「ああ。かなりの量になるだろう」

砂糖林檎の凶作と、永久に砂糖林檎を失うやもしれない危機を、アンは体験した。体験しているからこそ、砂糖林檎を無駄にしたくないと切実に感じる。

それはヒューにしても同じだからこそ、アンを呼び出したのだ。

「どうする。おまえさんの父親を名乗る男が、絡んでいる。面倒なことが、あるかもしれんが」

砂糖林檎が大切だ、必要だという、職人としての思いがアンの中で決意を固めさせた。手にした手紙をたたみ、決然とヒューを見る。

「この手紙を誰が書いたかなんて、それは砂糖林檎とは関係ないことだもの。わたしは砂糖林檎が無駄になるのは、いや。だからヒュー。わたし、交渉役を引き受ける。エイワースさんに伝えて。エマの娘が、交渉を希望してるって」

力強く応じた。

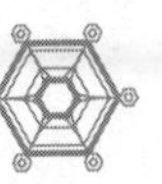

アンが交渉役を引き受けると、すぐにヒューは、エイワースに使いを送った。ウェストルに住むという彼女からは、折り返し「承知した」と返事があったという。

明日アンは、スカーレット・エイワースに対面するため、彼女の屋敷を訪ねることとなった。

（あいつのことだ。交渉役を引き受けるとは、思っていたが）

バルコニーの手すりに肘をついたシャルは、シルバーウェストル城と森の影が落ちる湖面を見つめる。日は暮れていたが、あと数日で満ちるだろう月が空に浮かび、夜の景色を照らしていた。水面には月光の帯が揺れている。

ルイストンに比べれば幾分か涼しい夜風が吹く。髪と、背にある羽が揺れた。

（死んだ銀砂糖師を交渉役に指名した、女商人。その要求を手紙で知らせた、アンの父親と同じ名前の男。奇妙すぎる）

厄介事が降りかかるような、嫌な予感がしていた。アンと暮らす大切な小さな家が、踏み荒らされるかもしれないと。そんなふうに考えるのは、今があまりに幸せだからだろう。

アンを守り続け、今の幸福を守りたい。そのためには、厄介事に関わらないのが一番だ。今回のヒューの依頼も断ればいいのだと、シャルの勝手な思いが、胸の中で不満を漏らす。

しかしだからといって、無理矢理にアンを連れ帰れはしない。

父親のことは砂糖林檎とは関係ないと、アンは口にした。彼女はただひたすら砂糖林檎――砂糖菓子のために動いている。

それが彼女の仕事だからだ。

アンは自分らしく仕事をすることが生きた証になるのだと、一年前の結婚式で口にした。それはシャルとともに歩むためにした、彼女なりの決意の一つだろう。

生きた証である彼女の仕事とその決断に、口を出すことなどできない。

「シャル。何してるの？」

背後から呼ばれふり返ると、アンがバルコニーに出てきた所だった。彼女はシャルの横に並ぶと、月明かりを反射する湖水に目を向け「わぁっ」と嬉しそうな声を出す。

「月明かり、綺麗。きらきらしてる。これ見てたの？」

「ミスリル・リッド・ポッドは、どうした？」

問うと、アンは苦笑する。

「ベッドで寝てる。夕食のワインを飲みすぎたみたいで、とっても幸せそうな顔して」

「放り出しても起きる心配はないな」

「えっ！　ちょっと、それはあんまり……」

　と言いかけて、ふと言葉を切り、何かを思い出したように申し訳なさそうな声で続ける。

「それはそうと。ごめんね、シャル。随分おかしなことがあるのに、砂糖林檎の交渉役を引き受けちゃった。シャルにも関わることなのに、つい。迷惑かけちゃうね」

「おまえの仕事だ。決断すべきはおまえで、俺を気にする必要はない。俺がおまえを守るのは当然で、それは迷惑でもなんでもない。だが――」

　と、思わず低い声が出る。

「これはおまえが引き受けるべき、仕事なのか。妙なことがある。それに関わらず、銀砂糖子爵に全てをゆだねても、かまわないことではないのか」

　難しい顔で手元に目を落としたアンは、黙った。しかしすぐに顔をあげる。

「そうすることも、できる。でもヒューが言うように、わたしが行く方が砂糖林檎を確保できる可能性は高い。事実、ヒューの代理は突っぱねられたのに、わたしのことは『承知した』って返事があった。交渉ができるってことだもの。わたしが行くしかない」

「おまえの父親の名を名乗る、得体の知れない男が関わっていても？　嫌な予感がする」

「もしシャルが迷惑なら、ミスリル・リッド・ポッドと一緒に、家に帰って待っててもらってもいいの。護衛ならサリムさんがしてくれるだろうし」

「迷惑だと言ってるわけじゃない」

　思わず口調が強くなり、それに、アンがびくりとした。

（こいつのこととなると……、どうも調子がおかしくなる）

ため息をつく。シャルは自分の恐れを自覚した。

「すまない。おまえが大切だ。だからこそ心配になる。それだけだ。おまえは俺の妻だ」

妻という言葉に慣れないアンが、慌ててシャルから視線をそらす。

「ありがとう、シャル……その、心配かけて、ごめん」

アンの頰に手を添えると、彼女はおずおず顔をあげる。視線を交わすと、すこしほっとしたような、困ったような顔で笑う。

「シャルの心配は、もっともだと思うの。わたし、実はパパって人のこと、今まであんまり考えたことなかった。死んだと思ってたし。だからあの手紙が、ずっと昔のあり得ない場所から送られてきたみたいな気がして、変な気持ち。嬉しがれたらいいのかな？　でも、もし本当のパパだったら、ずっとわたしやママに連絡しなかったのはなぜって思うと、もやもやするし。本当のパパじゃなかったら、馬車のことを知ってるのは気味悪いし。でも……わたしが役に立ったら、砂糖林檎が確保できるから」

戸惑いがつい言葉に出たのだろうが、最後の一言だけは力強かった。

「ギルバート・ハルフォードのことはさておき、砂糖林檎のためにやると？」

「うん」

と答えたアンは、そこで思い出したように瞳を輝かせる。

「あ、それに！　ヒューが約束してくれたんだけれど、交渉で手に入った分の砂糖林檎は、派閥に属さない職人に振り分けしてもらえるって。わたしへの分配量も、増えるってことなの」

嬉しそうに報告するので、苦笑してしまう。アンの頭の中はいつも砂糖菓子でいっぱいだ。シャルのことなど、時に忘れているかもしれない。

「おまえは馬鹿だな」

それを聞いたアンは、がっかりしたように肩を落とす。

「確かにわたしは、さほど賢いって方じゃないけど。でもだからって、仮にも自分の伴侶に」

ぶつぶつと不満らしく言うのが、可愛らしい。

「馬鹿でいい。それが愛しいから、妻にした」

予想外の返答だったのか、アンはびっくりしたような顔をして、すぐに耳を真っ赤にした。

「えっと……その。あ、ありがとう。シャル」

そして、もじもじしながらも、口にする。

「パパのことをあまり気にせずいられるのは、シャルやミスリル・リッド・ポッドが、こうして一緒にいてくれるからだと思う、きっと」

言いながら恥ずかしそうにうつむきかけるので、頰に添えていた手を顎にすべらせて阻止した。頰を染めるアンに、優しく口づける。

「俺は、おまえが傍らにいるのが嬉しい。これが、俺の幸福だ」

口づけの合間に囁く。月明かりが二人を照らす。

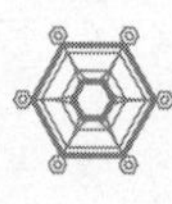

翌朝アンは交渉に向かうために、自分の箱形馬車を操り、シルバーウェストル城を出た。

スカーレット・エイワースは、ウェストルに店舗兼倉庫の三層建ての大きな店を構えて商いをしているという。だがアンが交渉のために呼ばれたのは、郊外にある別邸。朝シルバーウェストル城を出発すれば、昼前には到着できる距離らしい。

手綱を操るアンの隣に座るシャルが、分厚い紙束を手にし、ぱらぱらとめくりながら言う。

「さすがに、銀砂糖子爵はぬかりないな」

シャルが手にしているのは、出発前にアンが銀砂糖子爵の執務室に呼ばれて手渡された、書類一式だった。

「うん。『のめる範囲の条件は、渡した書類に記してある。その書類を確認しながら交渉をしろ。想定外の条件を出された場合は、一旦保留し、子爵に相談すると言って持ち帰れ』って」

つんと顎をあげ、ヒューの口まねをして言う。

「それをもらえただけで、とっても心強くなった」

交渉の指針を、ヒューは用意してくれたのだ。

「しっかり交渉して、砂糖林檎を確保しなきゃ！」

やる気充分なアンの膝を、シャルはぽんと書類の束で軽く叩く。

「冷静に、な。ここにも書いてある」

「気をつける」

照れ笑いの後、ふと心配になって、自分とシャルの間に座るミスリルを見下ろす。

「具合どう？　無理して一緒に来なくても、お城で待ってても良かったのよ？」

ミスリルの顔色が、どうにもすぐれない。微かな振動にも、うっとえずくようなそぶりをする。昨夜の夕食のワインを飲みすぎたのが、たたっているらしい。

気遣うアンに、ミスリルはびしっと親指を立ててみせる。

「へっちゃらだ、この程度の二日酔い。なにしろ砂糖菓子にかかわることで役に立たなきゃ、色の妖精の名がすたるってもん……おぇぇぇぇぇぇ」

「大丈夫⁉」

御者台の端に走ったミスリルに、シャルが冷たい一瞥を向ける。

「妖精が、立派にすたってるな」

反撃する気力もないらしく、ミスリルはふらふらと、アンとシャルの間に戻って横になる。

シャルは呆れ顔だが、アンはミスリルの緊張感のない様子のおかげで、少し肩の力が抜ける。

ヒューの話によると、スカーレット・エイワースはウェストルでは名の知れた商人で、エイワース商会の主だ。毛織物をあつかい、その流通を円滑にするために、毛織物問屋と流通業を兼ねたような商売をしているらしい。エイワース商会のもっている流通組織を、州公も荷運びなどに利用しているというのだから、信用のある人なのだ。

やり手の商人を相手にした、交渉だ。必死で頭を働かせる必要はあるだろうが、ヒューのもたせてくれた指針があるので、それを頼りに交渉は進められるはず。

だが――。

(ギルバート・ハルフォード……パパかもしれない、人)

その人物が介入しているのが、不安材料だった。シャルも、かなり気にかけている。

(パパ、かぁ)

アンが生まれた直後に亡くなったという父の顔を、アンは知らない。

物心ついた頃から母親のエマと二人きりだった。

自分にもお父さんはいたのかとエマに問うと、いたと教えてくれた。優しくて泣き虫だったと教えられたが、思い出すと哀しくなると言って、それ以上詳しくは話してくれなかった。

話したがらないエマから、父親のことを無理に聞き出そうとは思わなかった。それほど熱望しなかったのは、見たこともない存在に、執着を覚えなかったからだ。

ただ時に、お父さんはどんな人だったのかと想像はした。そして、ぼんやりとした憧れに似たものは微かに抱いた。

エイワースの別邸には、ギルバート・ハルフォードもいるのだろうか。

ウェストルの街中を抜け、北へ向かう街道を進み、途中から枝分かれした細い道へと入る。道の左右の木々が枝を伸ばし濃い緑を茂らせ、日射しを適度に遮っていた。

道は上り坂になっていく。

しばらく行くと、目の前が開け、小高い丘の上に出た。ふり返れば街道が見下ろせる。屋敷の敷地に入ったらしく、坂が終わる右手には、物見櫓を備えた小屋があった。小屋の壁には木製の盾や、さすまたなどが立てかけられている。

エイワースの別邸がここにあるのは、エイワース自警団の屯所かも
（あれがヒューの言ってた、エイワース自警団の屯所かも）

これも、出がけにヒューが教えてくれた。州公の意向をくんでだ。

街道を見張り、旅人を守れるように、別邸には私設の自警団を配置しているというのだ。街道に異変があれば、自警団はすぐさま飛び出す。また街道沿いの集落から要請などがあった場合も、出向いていくという。

自衛のためでもあるが、そうすることで州公の覚えもめでたくなる上に、人々の信頼も得られ、後々は商売に繋がるという寸法らしい。

自警団の屯所らしき建物を横目に通り過ぎる。

台地の上も濃い緑に覆われている。

緑に埋もれるように、傾斜のきつい赤い屋根の屋敷が見えてきた。

貴族が所有する城館ほど大きくもないが、庶民の屋敷としては格段に大きい。

商店や宿屋でもない、狭苦しい街中でもない郊外の家が、二層作りになっているのが贅沢だ。

正面玄関の扉は両開きで、そこから左右に、三つずつ大きな窓が並ぶ。窓には、当然のようにガラスも入っている。ポーチは、つやのある大理石。

庭に青々と敷き詰められた芝生の中心に、玄関までまっすぐ道が続く。芝の緑は夏の青空に映え、明るく活力にあふれる場所に感じられた。

玄関前に一台、二人乗りの馬車が止まっている。

（お客様？）

くだんのギルバートかと身構えつつ、屋敷に近づいていくと、馬車と玄関の間に男の姿があった。質素な身なりではあったが、白いシャツの背中には清潔感があった。柔らかそうな焦げ茶の髪が首筋あたりでカールしている。

「返してくれ、お願いだ。スカーレット」

必死の声音で彼は、そう訴えていた。彼が訴えかけている相手は——女。彼女は玄関ポーチから、傲然と男を見下ろしている。

（……炎みたい）

女は、燃えるような赤毛だ。横あいから射す太陽の光に、ふわりと広がった赤毛が透け、舞い立つ炎のように見えたのだ。

男は、赤毛の女をスカーレットと呼んだ。

（あの人が、スカーレット・エイワースだ）

スカーレットは、長身だった。すらりとした体に、丈長の上衣と細身のズボンを身につけている。乗馬用の衣装なのだろう。男のような身なりではあるが、くびれた腰や豊かな胸が逆に女性らしさを際立たせており、それが官能的にすら見えた。手にある乗馬用の鞭を苛立たしげに、しごいている。今にも目の前の男を打ち据えそうな様子だ。

彼女の背後には、目つきの鋭い、陰気な顔の男が控えていた。地味な色の上衣をきっちり着こなしているので、使用人の筆頭だろう。炎の背後に生まれた、影のようだ。

「あの砂糖林檎の森は、先祖代々受け継いだもので、両親との思い出もある。ほかのものは、あきらめる。だが、あの森の土地だけは戻してもらわなければ。先祖に顔向けできない」

男の必死の声が続く。

「あの土地はエイワース商会のもの。あなたは同意したわ」

冷たくスカーレットは言い放つが、男は強く首を横に振る。

「あのときは、こんなことになるとは想像もしなかったんだ。だから」

あからさまに取り込み中の気配に、アンは手綱を引いて馬車を止めた。すると興味津々にミスリルが、御者台から身を乗り出す。少し休んだおかげで、二日酔いは良くなったらしい。

「なんだなんだ、もめ事か」

人（妖精？）の悪いことに、ミスリルは、わくわくした様子だ。

「どうしよう。こんにちはって、行ける雰囲気ではなさそう」

「いやいや、このまま突っ込んでいって『何事ですか⁉』って訊けよ、アン」

「でも、それで事情を聞いてどうするの？」

「そうかぁ、大変ですねって言って、にこにこしてればいい」

「それ、ただの野次馬……」

「馬鹿なことを言ってる間に、気づかれたぞ」

シャルが言うとおり、スカーレットの視線がこちらに向いていた。

スカーレットと向き合う男も、ふり返っている。まばらな頬髭を生やした男で、タイも結んでいないが、茶の瞳は優しげな色をしている。

スカーレットの背後にいた陰気な顔の男が、早足でこちらに向かって来た。

「どちら様でしょうか。わたしは、こちらのお屋敷のご主人に仕えております、フィンリーと申しますが。主は取り込み中です」

お引き取り願いたいと言外に促されたが、引き返すわけにはいかない。

「訪問することは、昨日連絡をさしあげています。銀砂糖子爵の代理で参りました、銀砂糖師のアン・ハルフォードです」

名乗ると、相手は細い目を見開く。

「あなたが銀砂糖師？」

若さに驚いたのだろう。しかもアンは、実年齢より幼く見える。

銀砂糖師と聞いて、スカーレットが顎をあげてこちらを見て、にやりとした。

「来たのね。銀砂糖師」

彼女は目の前の男を無視し、ポーチをおり、晴れやかな笑顔で近づいてくる。無視され、玄関前に取り残された男は、状況を飲み込めないのか戸惑い顔で立ちつくす。

アンは慌てて御者台からおりると、馬車の傍らまで来た女商人に膝を折る。

「はじめまして。アン・ハルフォードです」

「銀砂糖子爵から報せは受け取っているわ。わたしが、スカーレット・エイワースよ」

堂々としたふるまいと、炎のような赤毛と、笑顔。

正直、気圧されていた。

強く明るい笑顔を、ぼうっと見つめた。

心の準備もなく突然、真っ正面から真夏の直射日光を浴びせられたようだ。

鞭を持っていない方の手を、突然差し出された。きょとんとしてしまったが、握手を求められたのだと察して慌てて握る。

「よろしくね、アン。アンと呼ばせてもらうわ」

　そこでようやく、玄関前の男が正気づいたように声をあげた。

「君！　今、銀砂糖子爵の代理と言ったね！」

　こちらに駆けて来ようと、踏み出す。

「ちょうど良かった！　君に話を聞いてもらえたら、きっと銀砂糖子爵に取り次いで……」

「サイラス！」

　スカーレットが男にふり返り、鋭く呼ぶ。びくりと、男の足が止まる。彼の名はサイラスのようだ。ギルバート・ハルフォードではないらしい。

「その子と話をしても無駄よ。銀砂糖子爵には、土地に関して権限なんかないんだから。しかも銀砂糖子爵は砂糖林檎が収穫できれば、それが誰の土地だろうがかまわないのよ？」

　強い口調で言ったスカーレットを、サイラスは絶望したように見つめる。

「君には、情けというものがないのか」

「あなたは、ないと思っているんでしょう？」

　わずかな沈黙の後、サイラスと呼ばれた男は首を横に振る。

「いや、そんなことはないよ。わたしはまだ、君を信じたいんだ。お客様のようだから、一旦ひきあげる。でも……マディソンの森の外れで、日が暮れるまで待ってるから、君の用事が済んだら来てくれないか？　話し合いをしたい」

「行くわけないでしょう。わたしは忙しいの」

　ふいに力を失ったようにうなだれたサイラスは、諦めの足取りで二人乗りの馬車へ向かう。御者台に乗り込むと、ゆっくりと馬を歩かせ、近づいてきた。アンたちの馬車と並ぶ位置まで来た彼は手綱を引き、一旦馬車を止め、御者台の上からスカーレットを見下ろす。

「哀しいよ、スカーレット」

「奇遇ね。わたしもよ」

「今日、日が沈むまで待っているから」

「聞いてなかった？　行かないわ」

　淡々と応じた彼女に懇願するような目を向けたサイラスだったが、それ以上何も言わず手綱を握りしめ、馬に出発の合図を出す。緩慢に動き出した馬車がアンたちの馬車の横を通り過ぎるとき、手綱を握る手指の先に、様々な色が染みついているのが目に入る。

（あの指は職人？）

　目が合った。彼は訴えかけるような、切ない目をしたが、黙って通り過ぎる。

　小さくなっていく馬車の姿を、アンは目で追う。

「今の方は？　取り込み中だったんじゃ……」

「気にしなくてもいいわ。彼は、去年まで夫だったってだけの男。離婚のときに財産のことで、彼はごねてね。それが今も続いてる。でも彼の主張は理にかなっていないから、問題はない。わたしに非はないの」

あっけらかんと彼女は答えたが、アンは、悪いことを訊いてしまったと肩をすぼめた。

「立ち入ったことを訊いて……、失礼しました」

「いいわよ。あんな騒ぎを見せられたら、驚くわよね。さあ、馬車をフィンリーに預けて、わたしと一緒に屋敷の中へ。それから、少し待ってもらうわよ。着替えてくるから。遠乗りから帰ったばかりで、あの騒動になってね」

あけすけな笑顔で言うと、悪戯っぽく片目をつぶる。

「あ、はい。お待ちします、エイワースさん」

アンは御者台にあった書類の束を抱え、先を行くスカーレットの半歩後ろを歩き出す。シャルも御者台からおり、ついてくる。ミスリルもシャルの肩の上に、ちゃっかり座っていた。

スカーレットが、アンをふり返る。

「わたしのことはスカーレットと呼んで。使用人たちもみんな、わたしのことはそう呼ぶから。わたしもあなたのことは、アンと呼ぶと言ったでしょ。それと……」

興味深そうな目で、シャルとミスリルを見やった。

「あちらの妖精二人は？」

「俺様は、ミスリル・リッド・ポッド様……っ！　むぐぅ」

大いばりでミスリルが名乗りをあげようとするのを、シャルがすかさず口を押さえる。

その対処の早さに感謝しつつ、アンは緊張しながらも告げる。

「こちらのお屋敷までの道中が不安だったので、付き添いで来てくれました。銀髪の彼は友だちで、黒髪の彼は——わたしの夫です」

「夫っ？　妖精の？　人が妖精と結婚したなんて話、きいたことがないけれど？」

訝しげに問われる。

夫と口にするのは、気恥ずかしい。

しかし人前だからこそ、恥ずかしがってばかりいてはならないのも、よくわかっていた。

人間は妖精を捕らえ、その片羽をもぎとり所有し、使役する。妖精たちは妖精市場で売り買いされ、能力や見た目によって、労働妖精、愛玩妖精、戦士妖精と区別されている。

とびきり美しい容姿のシャルは、愛玩妖精だと思われがちだ。だが実は、高い戦闘力を有している戦士妖精。

人は五百年もの長きにわたり、妖精を使役してきた。

しかし一昨年、国王エドモンド二世と妖精王の間で交わされた盟約によって、人と妖精は対等であるという誓約の碑文が聖ルイストンベル教会に納められ、その旨は国王の名において全土に知らされていた。本来ならば妖精は解放され、人と同じく暮らせるはずだ。

しかし——いくら王が誓約したとて、五百年間続いた人々の意識や生活や慣習は、容易に変化しない。学者や教父、教父学校や国教会独立学校の学生などのいわゆる知識層には、妖精を解放するべきという運動が起こっているとは耳にする。ただ実際大多数の庶民は、今までと何ら変わりなく妖精たちに対している。

人間が妖精と一緒にいれば、使役しているのだろうと判断される。アンがシャルと一緒にいても、同様だ。いちいち訂正するのも角が立つので、苦笑いで流すことも多いが、聞き捨てならないほどに無礼な場合は抗議した。

けれどアンの抗議に、素直に頭をさげてくれる者たちは少ない。

たいがい胡乱げに、あるいは嘲笑混じりに悪態をつかれるだけだ。

妖精は売り買いされ、人に使役されるものだと考えている人は多い。だからこそ、伴侶として彼を得られたことは幸福なのだと胸を張る必要がある。

「はい、夫です。そしてもう一人の彼も、大切な友だちです。一緒に旅して、色々なことがあって。それで友だちになって、夫とはお互いを伴侶とする誓いを立てました。人と妖精の違いはあるけれど、それも承知で」

恥ずかしさをこらえ、明瞭に口にした。

「伴侶に……。妖精と人間なんて、全然違うものなのに。そんなことも、あるのね」

ふっと小さく寂しげな声で呟き、スカーレットは沈黙した。

(笑ったり嫌な顔をしたりしない、この人)

妖精の夫と聞いて驚いた様子だったが、批難するそぶりは一切ない。しかし――。

(哀しそう?)

なぜ、こんな顔をするのだろうか。

「あの……？」

気遣わしげなアンの声に、スカーレットは再び明るい表情を見せた。

「なんでもないわ。あのおチビちゃんが、大きくなったもんだわねって、驚いたのよ」

（え？　わたしのこと、知っている？）

目を瞬く。アンの方には、まったく覚えがない。

スカーレットに導かれて屋敷の玄関扉を入ると、正面に螺旋階段がもうけられたホールになっていた。

ホールの右手にある部屋に案内される。談話室のようだった。

大きな暖炉と、長椅子と、一人がけの椅子が数脚。背の低いテーブル。扉の正面にある掃き出し窓は開かれており、適度に風が吹きこみ暑さは感じない。その外は、芝生へ直接出られるテラスらしかった。

「しばらく待ってて」と言い置き、スカーレットは階段をあがっていった。その足音が消えると、シャルが訝しげに問う。

「おまえはスカーレット・エイワースの名に覚えはないと言っていたな。顔にも覚えはないか」

「まったくない。でも彼女の方は、わたしを知ってるみたいな口ぶりだったよね」

シャルの肩の上で、ミスリルが首をすくめた。

「それにしても、おっかなそうな女だな。スカーレットって」

「そう？　すごく強くて、炎みたいで、その熱にあてられる感じはあるけど」

「それが怖いじゃないか。元夫ってやつなんか、歯が立たないように見えたぞ。目をつけられたら、こてんぱんにやられそうだ。俺様、隠れてようかな」

言いながらミスリルは、ごそごそとシャルの上衣の中へと潜り込む。シャルは嫌な顔をしたが、文句はつけなかった。

「お待たせしたわね」と声がして、扉が開き、スカーレットが入ってきた。

その姿にアンはまた驚き、目がひきつけられ、そらせなくなった。

彼女は乗馬用の衣装から、深紅のドレスに着替えていた。ごてごてとした装飾はない。ほっそりした作りのドレスだが、袖口や襟に艶のある黒いレースがあしらわれて、それが際だっている。彼女の赤毛に深紅はとても似合う。

颯爽と部屋を横切り長椅子に腰かけた彼女は、大胆に脚を組む。アンとシャルに、「どうぞ」と手振りで、自分の目の前の椅子を勧める。

アンは椅子に腰を落ち着け、シャルはその背後に立った。

居住まいを正し、アンはスカーレットと向き合う。

「交渉に応じていただき、ありがとうございます。エイワース……、スカーレットさん」

切り出すと、彼女は鷹揚な笑みを浮かべる。

「かしこまらないで。意地悪するつもりで、銀砂糖子爵との交渉を拒否していたんじゃないんだから。ただ砂糖菓子職人に必要なものを提供して、その見返りをもらうなら、自分の望みのものが欲しいってだけなの。だから――エマ・ハルフォードを銀砂糖子爵の交渉代理人にして欲しいと言ったの。でも」

沈痛な色で、スカーレットはアンを見る。

「亡くなっていたのね。お悔やみを申し上げるわ、アン」

「ありがとうございます。あの、でも。スカーレットさん」

「スカーレットでいいわ」

「スカーレットは、わたしの母をご存じだったんですか？」

訊きたいことが山のようにあり、急き込んで質問攻めにしたいのをこらえて、まず一つ問う。

「知っていたわよ。あなたのことも。あのときあなたは、ほんのよちよち歩きだったけど」

「そんな昔に、お目にかかったことがあるんですか、わたし？」

「十七年前よ。あのおチビちゃんが、結婚したなんてね。お相手が妖精なのも驚いたけど」

目を細め、アンの背後にいるシャルを見やる。

シャルはまるで無反応だが、スカーレットは気にした様子もなく、立ちあがる。

「ねぇ、アン。あなたに見せたいものがあるの。来て」

「わたしは銀砂糖子爵の代理で、交渉に来たんです。まず砂糖林檎の収穫の条件について、伺いたくて」

「焦らないで」

アンの言葉を遮ると扉の方へ向かって、「灯りをもってきて、フィンリー」と命じた。すぐにフィンリーが、火の入ったランプを運んでくると、机の上に置き、黙ってさがる。

スカーレットはランプを手に取った。

「こちらにおいでなさい。あなたが望む交渉の話は、あなたがあれを見てからよ。あなたの夫も一緒にいいわよ、来て」

有無を言わせない口調で命じ、スカーレットは部屋を出て、螺旋階段の方へ向かう。

訝しみながらも、アンとシャルは彼女の背中に従う。

先を行くスカーレットが、階段の背後に回り込む。そこには、背をかがめて入れるような小さな扉があった。開くと、扉の奥からひんやりとした空気が流れ出てきた。

中は薄暗く、狭い石の階段が地下へと続いている。

扉を潜り、ランプをかざし、スカーレットは迷いなく地下へとおりていく。

地下へ続く階段はすぐに途切れ、石が敷き詰められた、小部屋のような場所に降り立つ。

(こんな場所に、なにが?)

地下ではあったが、嫌な湿気がこもることもなく、カビや土の匂いなどもない。夏場でありながらも、ひんやりと心地よい温度に保たれている。

ワインや食材を貯蔵する場所のように思えたが、ほとんどなにも置かれていない。右手の壁際に、絵画のキャンバスらしきものが裏返しで幾枚も立てかけられている。他にあるのは、小さな卓が最奥の壁際に一つ。その上に、ぽつんと木箱が置かれている。アン一人で抱えられる程度の大きさだ。

まっすぐ最奥の卓に近づくと、スカーレットは床にランプを置く。そして卓上の箱に手をかけ、両手で箱を軽々と持ちあげる。箱は空洞だった。卓の上に置かれたものを、覆っていただけらしい。薄暗くて、卓の上になにがあるのかよく見えない。

「ご覧なさい」

再びランプを手にしたスカーレットは、卓を照らすように掲げる。

「それは!?」

橙色の灯りに照らされたそれを目にして、アンは思わず数歩足が前に出て、スカーレットの隣に並んでいた。

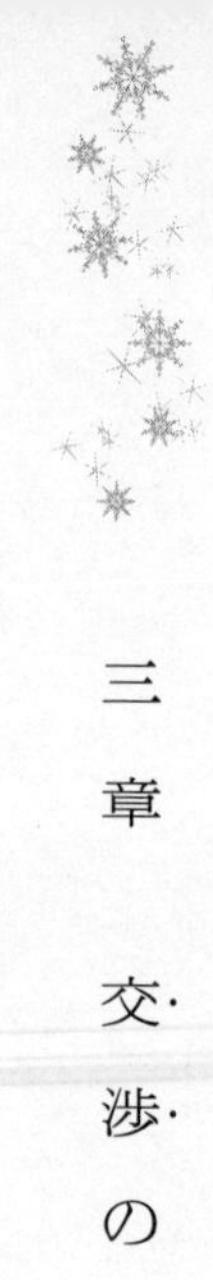

三章　交渉のはじまり

ランプの灯りに照らされるそれを見下ろし、アンは呟く。

「これは……砂糖菓子。でも……」

口ごもってしまったのは、その砂糖菓子があまりに無残な姿だったからだ。

百合に似た薄水色の花、それを花束にした砂糖菓子だ。

花は、百合と違って花弁が幾重にもなっている。花弁の端は透けるレースのように、なみうって可愛らしい。見たこともない花だ。その花を寄せ集めた、花束。所々に蝶が羽を休め、露の玉が輝いている。

可憐な砂糖菓子だったはずだ。

今は、花々の色は褪せきって、かつて美しかっただろう色はくすんだ汚れのように見えた。

蝶の羽は折れ、露の玉はひび割れている。束になり、花々がひしめいている一部が無残に陥没し、深い傷痕のようだ。

こんな状態の砂糖菓子を、目にしたことがない。

だがなぜこんな姿なのかは、職人であるアンにはすぐにわかった。

「随分古い。これは経年劣化で、色が褪せて崩れているんですね」

「この砂糖菓子は、十七年前に作られたのよ」

「十七年⁉」

銀砂糖は腐ることはない。しかし砂糖菓子は、形を長くたもっておけるものではない。一年経てば脆くなり、折れたり割れたりし始める。色も褪せ、変わってくる。

毎年神聖祭に新しい砂糖菓子が必要なのも、毎年庶民が誕生日に砂糖菓子を欲しがるのも、新たな幸福を望んでのこと。前年に手に入れた砂糖菓子は崩れ、色も褪せ、幸福を招くほどの形を失うからなのだ。

砂糖菓子の幸福を招く力は、造形が美しければ美しいほど強い。年を経て色や形が損なわれては、砂糖菓子が幸福を招く力は失われる。

一年以上経過した砂糖菓子を、アンは見たことがなかった。それ以上時間が経つと、無残なほどに崩れてしまう。その様が不吉な感じもするために、砂糖菓子が悲惨な状態になる前に、所有者は自分の手で壊す。

ただ気に入った砂糖菓子を、数年間手元に置く人もいると聞いたこともある。湿度と温度を管理し、なるべく形が失われないように保存するのだと。

（この砂糖菓子は、とても気を遣われて保管されていたはず。じゃなきゃ十七年も経つのに、こんなに形が残って、色が残ってるはずない）

砂糖菓子の状態をつぶさに確認していると、隣でスカーレットが言う。

「哀しいでしょう、この姿」

憂鬱そうな響きの声だ。

「大切にしていたのに、時間が経つとこうなってしまう。この砂糖菓子はね、アン。あなたのお母さんの、エマ・ハルフォードが作ったのよ。わたしの結婚祝いのために」

驚き、確かめるようにスカーレットを見やる。

「ママがですか？」

「ええ。十七年前、ウェストルにやってきた銀砂糖師、エマ・ハルフォードが作ってくれたの。そのときはあなたも一緒にいたわよ、アン。まだろくに喋れない、よちよち歩きだったけれど」

改めて、アンは崩れた無残な砂糖菓子に目を向けた。

（これが、ママの作品）

不意に懐かしさで、胸がいっぱいになる。幼い頃の思い出が、いくつもいくつも、温かいあぶくのように浮かぶ。

（……懐かしいな、ママ）

それにしてもと、アンは内心首を傾げた。

（これは、何の花だろう）

砂糖菓子のモチーフになっただろう花を、見たことがない。

「ウェストルにはマーキュリー工房の本工房があって、そこに所属する銀砂糖師もいる。けれど彼らの砂糖菓子は、当時のわたしにとっては高額だった。だから格安で砂糖菓子を作ってくれる、流れ者の銀砂糖師に頼んだのだけれど——作ってくれた砂糖菓子は、とても素晴らしかったの。今まで目にしたことのない美しさだった。心から彼女に感謝した。そしてとびきりの幸福が、やってきてくれた。わたしはエイワース商会を興して成功できた。ずっと忘れなかったわ、この砂糖菓子を作ってくれた銀砂糖師の名。エマ・ハルフォード」

崩れてしまってはいるが、母親の手から生まれた砂糖菓子に愛しさを覚えた。見たこともない砂糖菓子なのに、懐かしい感じがする。

ただ、懐かしがってばかりはいられない。

アンはスカーレットに向き直った。

「母のエマが十七年前に砂糖菓子を作ったこと、それを買っていただけたことは、わかりました。けれどこのことと、今回の砂糖林檎の収穫に関しての交渉と、どんな関わりがあるんでしょうか」

表情を引き締める。

「わたしは銀砂糖子爵に命じられ、代理人として来ました。スカーレットは、砂糖林檎の収穫を認める代わりに、望みのものが欲しいと仰った。その望みのものと、この母の作った砂糖菓子と関わりがあるんですか」

スカーレットは腕組みし、瞳に強い、貪欲ともとれるような輝きを宿す。

「わたしはね、またこの砂糖菓子が欲しいのよ。これと同じ砂糖菓子が手に入れば、銀砂糖子爵が、わたしの所有する土地の砂糖林檎を収穫するのを認めるわ」

「同じもの?」

「そうよ」と応じた彼女は、崩れかけた砂糖菓子を指さす。

「これとまったく同じものを、同じ職人の手で作って欲しかった。でもエマは王国中を旅しているから、容易に足取りは摑めない。だからことあるごとに、方々に訊ねていたのよ。銀砂糖師エマ・ハルフォードの所在を知らないかってね。でも誰も知らなかった。もう諦めるしかないだろうと思ったときに、ある人が訪ねてきて、わたしに知恵を貸してくれたの」

はっとした。

(それがもしかしたら、ギルバート・ハルフォード?)

スカーレットは艶やかに笑う。

「その人は言ったの。エマを、銀砂糖子爵に捜させればいいのだってね。砂糖林檎収穫の交渉役として、エマを指定すればいい。そうすれば銀砂糖子爵は是が非でもエマを捜しだし、交渉役として差し向けてくる。やってきたエマに仕事を依頼して、砂糖菓子とひきかえに収穫を許せばいい、とね」

エマを交渉役に指定したのは彼女を捜しだすための手段で、スカーレットは銀砂糖子爵を利用したのだ。

それを考えついて実行させたのが、ギルバート・ハルフォードか。

「でもエマは亡くなっていた。その代わり、エマの娘のアンを交渉役にたてたいと、銀砂糖子爵から手紙が来た」

スカーレットは言葉を切った。少し間を置き、続ける。

「亡くなったのなら仕方ないわ。でも娘のあなたなら、エマと同じものを作れる可能性があるかもしれない。あなたも亡き母と同じく銀砂糖師だと、手紙には書いてあったしね。エマの娘、そして銀砂糖師――。あなたなら作れるのじゃない？　アン。エマと同じものを」

慎重にアンは問い返す。

「この砂糖菓子と同じものを作れば、砂糖林檎の収穫を許してもらえるというなら、どうして母を、そして代理のわたしも、交渉役として差し向けろと銀砂糖子爵に伝えたんですか。砂糖菓子を作ると約束すれば砂糖林檎の収穫を許すと伝えれば、もっと話は早いのに」

「エマが、あるいはあなたが砂糖菓子を作ると約束しても、それで収穫を許すわけじゃないからよ」

「どういうことですか」

「たとえ作ったとしても、この砂糖菓子と同じだとわたしが納得しない限りは、収穫を許すつもりはないからよ、おチビちゃん」

悪戯っぽく、スカーレットはちょんとアンの鼻の頭をつつく。

「エマがもし生きていても、これと同じものを作れるとは限らない。技量や感覚は変わっていく。技量が上がれば同じものを作ったつもりでも、微妙に変わってしまう。感覚も同じ。また何かの原因で、技量が下がることもある。過去のものと同じものを作るというのは、たやすいことじゃないわよ。そして母と娘なら、なおさら。同じものを作った気になっていても、やはりどこか違うってのは多いことよ」

スカーレットの声は、地下にわだかまる闇に微かに反響していた。

「これと寸分違わないものを作る。作ることそのものが、交渉と思ってくれればいい。だから交渉役と伝えた。交渉として、あなたは砂糖菓子を作る。そしてその結果は──砂糖菓子が完成したときに出る」

「作っても、収穫を認めてもらえないこともある。そういうことですか？」

「ええ、そう。わたしが同じ砂糖菓子だと認めなければ、収穫も認めない」

「けれど寸分違わぬものを作るのはとても難しいと、スカーレットも仰いました。わたしに、できないかもしれない。もしそうなったら、たくさんの砂糖林檎は腐り落ちるだけです」

「それがなに？」

せせら笑うように、スカーレットは返す。

「わたしの欲しい砂糖菓子が手に入らないなら、砂糖林檎なんて腐ればいいわ」

ぎょっとした。

その瞳は、強い熱をおびているのに暗い。もし暗色の炎というものがあるとすれば、こんな気配なのではないだろうか。ミスリルがスカーレットのことを、怖いと言ったのは——もしかするとこの暗い気配を、どことなく感じていたからなのかもしれない。

（腐ってもいい、なんて）

軽く衝撃を受けていた。砂糖林檎が、自分以外の誰かのために必要だとは、スカーレットは考えないのだろうか、と。

砂糖菓子が誰かの幸福を招き、その幸福を必要としている人がいるから、アンにとって砂糖林檎は大切だ——だがそれは自分の立場で、自分の視点。

（スカーレットみたいに、考える人もいる。それを批難したりはできない。わたしたち職人が、砂糖林檎が大切と考えることだって、誰かにとってみたら身勝手かもしれないもの）

薄暗い地下室で、頼りないランプの灯り一つの中で向き合い、アンは軽く拳を握る。

「なぜ、これと同じ砂糖菓子を望まれるんですか。もっと大きく、もっと良いものをと要求することもできるのに」

視線をあげ、スカーレットは暗闇の向こうをすかし見るようにして口を開く。

「三年ほど前に、ルイストンのギャリガン商会ってのが、ウェストルに入ってきたの。手強い商売敵よ。エイワース商会と同じような商売をして、徐々にわたしたちの顧客はそちらに流れている。それを食い止めるために、ここ二年は必死なの。十七年前、結婚と同時にエイワース商会を興したと言ったでしょう」

赤い髪をかきあげると、その動きでランプの灯りが揺れた。崩れかけの砂糖菓子がその瞬間、いびつに歪んだように見える。

「奇跡と言われるくらい、商会はみるみる商売が大きくなった。自分でも驚くくらい順調にね。結婚と同時に、エマの砂糖菓子を手に入れたおかげだと思うの。だからもう一度、欲しいのよ。エイワース商会を興したときと同じような、幸運が。だからあの砂糖菓子が欲しい」

眉をひそめ、アンは答えた。

「この砂糖菓子を蘇らせても、同じような幸福が来るかなんてわかりません」

「もっと大きな素晴らしい別の砂糖菓子を手に入れても、そうじゃない？　だったら同じ砂糖菓子の方が、同じような幸福を招く確率は上がるんじゃないかしら。わたしは商人だから、確率の高いものに賭けたいの」

自分の興した商会のため、スカーレットは幸運を望んでいる。その幸運をかつて似たような幸運を運んだ砂糖菓子に託して――そういうことだ。

だがスカーレットの言い分は、すこし不自然な気もした。

是が非でも幸福が欲しいならば、彼女の財力にものを言わせ、アン以外にもたくさんの銀砂糖師を雇い、エマの砂糖菓子以外の砂糖菓子も、たくさん作らせれば良いのではないか。その方がスカーレットの言う、「確率」は上がるだろう。

（でもスカーレットは、ママの砂糖菓子だけを蘇らせようとしている）

なぜ、それほどの執着があるのだろうか。このエマの作品には、スカーレットが執着する何かが潜んでいるのだろうか。

なんにしても、この暗闇の圧迫感の中で、安易に答えを出すべきではないだろう。

「要求は、わかりました。銀砂糖子爵に報告するために、シルバーウェストル城に戻ります。明日にでも、お返事いたします」

「好きにすればいいわよ。交渉役を引き受けて砂糖林檎を収穫するなり、知らん顔して砂糖林檎が腐るのを指をくわえて見ているなり、ご自由に」

煽るように言われたが、アンは腹に力を込めて冷静さを総動員して応じた。

「考えて、お返事します」

そんなアンの頑張りを見透かしているのか、ふふっとスカーレットは笑う。

「ギルバート・ハルフォードに感謝ね。捜しても捜しても見つからなかった銀砂糖師の娘が、こうして来てくれたんだから」

（ギルバート・ハルフォード!?）

きびすを返し、スカーレットが歩き出す。アンは慌てて彼女を追う。

「その人は、何者なんですか？　親しいんですか？　その人は、わたしの父かもしれない人です」

「彼も、自分は生き別れたエマの夫だと言ってたわ。でも残念ね。彼と親しくなんかない。それに、あの男、あなたの父親の名を騙っただけかもよ？」

シャルの傍らを通り過ぎながら、さらりと言う。スカーレットの言葉にアンは驚き、シャルは美しい赤毛を横目で睨む。

階段をのぼりながら、スカーレットは背中越しに続ける。

「彼は、わたしがエマを捜しているという噂を耳にして商会にやってきた。彼も、生き別れた妻のエマを捜しているのだと言ってね。馬車職人ですって。でも、わたしがエマを捜していると知って来た男が、生き別れの夫なんて、できすぎじゃない？　けれど彼は良い提案を持ちかけてきたから、それに乗った。そして彼は、わたしの代わりに銀砂糖師子爵に手紙を書いた」

「その人は今、どこにいるんですか」

赤毛の背中を追って、アンとシャルも扉を潜り抜ける。

「さあ。手紙を書いたら、さっさと行ってしまった」

一足先に明るい場所に出ていたスカーレットは、ランプの火を消し、それを扉の内側のフックにかけながら言う。

「どこの馬の骨ともしれない奴に、手紙を書かせたのか？　州公にも信用されるエイワース商会の長が」

不審げなシャルの問いに、スカーレットはふり向き、何度か瞬きした。まるでシャルが喋ることに驚いているようなそぶりだ。その後に、面白そうな色を浮かべる。

「なんでそんなこと訊くの？　本気で、この子のことを心配しているみたいに聞こえるじゃない」

「質問に答えろ」

「シャル」

下手をしたらスカーレットがへそを曲げかねないと、焦ってシャルの腕に手をかけたが、彼は挑むように相手から視線をそらさない。

二人の様子を興味深げに眺めながら、スカーレットは応じる。

「どこの馬の骨でも、役に立つ者は利用しなくちゃ。見知らぬ人と商売しない、取引しないんじゃ、商人はやってけないのよ、妖精さん」

「相手が信頼に足る者かわからずともか」

「この場合、信頼は必要ない。手紙を書いてもらう、それだけだから」

「相手はおまえに、見返りを要求しなかったのか」

「エマをここに呼び寄せることそのものが、見返りよ。彼もエマを捜しているから、わたしに知恵を貸した。彼女がここにやってくる頃合いを見計らって、会いに来ると言っていたわ」

胸の奥がわずかに、怯えるようにどきりとした。

エマに会いたいと言うからには――本当に、アンの父親その人だろうか。

「どんな人でしたか、ギルバートは」

「年は、そうね。わたしよりも五つ六つ、年上かしらね。物腰の柔らかな、ふわふわした男。妖精を一人連れてる」

「妖精を？」

「あなたみたいに、伴侶ってわけではないらしいけれど。その妖精はハルフォードのことをご主人様と呼んでたから、使役してるのでしょうね」

（ギルバートは、エマに会いに来ると言った。なら、会えるのかもしれない……その人に）

ざわりと気持ちが揺れた。それは期待か、不安か。


一旦シルバーウェストル城へ帰還するため、アンはスカーレットの別邸を後にした。

箱形馬車の御者台で手綱を握り、屋敷から坂道を下り、街道へ向かう。日はまだ高かったが、ウェストルに到着する頃には真っ暗になっているだろう。

頬に緩やかな風を感じながら、アンは考えに沈んでいた。

スカーレットが示した条件は、予想だにしないもので、ヒューが授けてくれた指針をもってすら即答できなかった。

（でもこれは、ヒューに判断を仰ぐべきことじゃないかもしれない）

報告したら、ヒューはきっとアンに問うだろう。「おまえは、どうするつもりだ」と。

スカーレットの要求をのんで、彼女の言うところの交渉——砂糖菓子の制作に入るか否かは、アンが決定すべきことだ。職人を守る使命があるヒューは、けっして無理強いはしない。

アンがそれを作ろうと思うか否か、それだけだ。

（わたしが砂糖菓子を作れば、砂糖林檎が手に入る）

その点でだけ考えれば、自分は作るべきであり、作りたいと思う。

問題は、スカーレットが望んでいる砂糖菓子。

（スカーレットは、ママの作品が蘇るのを望んでる。わたしが作るにしても、わたしの砂糖菓子が、求められているわけじゃない）

他人——たとえそれが、尊敬する相手であっても——の、作った作品と同じものを作れと言われれば、仕事に真摯な職人ほど嫌な顔をするはずだ。それは自分が作る意味が、あるのかと。

以前アンが、砂糖菓子品評会に参加するために初めて作った砂糖菓子は、エマの残したデザインをもとにして作ったものだった。

駆け出しだったそのときの自分が、いかに安易だったか今になってわかる。エマの作ったデザインはエマのもので、そこにアンの思いが込められていなければ、エマの砂糖菓子と同じような魅力はない。職人としての矜持を大切にするならば、誰かのデザインの流用や真似ではなく、自分の思いを形にするべきなのだ。

(でもスカーレットはママの作品を真似ろと言ってるのじゃない)

真似ることと再現することは、行為として同じに見えるのだが、そのあり方が違う。

スカーレットが求めているのは、真似ることではない。失ったかつての美しさが、蘇るのを求めているのだ。だからこそ彼女は当初、エマを捜したのだ。

しかしエマはこの世にいない。それでもなおスカーレットは、エマの砂糖菓子を求めている。だからアンにエマの砂糖菓子を作れと求める。

(それは屈辱なの?)

――ママの砂糖菓子は壊れてしまったから、わたしの作るもっと美しい砂糖菓子をどうぞ。それよりも、もっと、もっと、素敵な砂糖菓子をお目にかけます!

そう言うことは、エマの砂糖菓子を求めているスカーレットに、自分の砂糖菓子を押しつけることではないのか?

求める人が求める砂糖菓子を作ってこそ、意味があるのではないだろうか。

それがかつて、誰かの手により作られた砂糖菓子を蘇らせることでも、そこに自分の個性やアイディアがなくとも、求められる砂糖菓子を作るのが職人ではないだろうか。

相手が望む砂糖菓子を作らないのであれば、それは砂糖菓子職人ではなく、砂糖菓子を作って自分を誇示したいだけの、自己顕示欲の強い芸術家ではないのか。

(わたしは職人だ。だから、求めてくれる人が、求めているものを作るべきだ)

今、スカーレットが求めているのが、エマの作品が蘇ることなのであれば、職人としてそれを成すべきではないだろうか。

(しかも、失ったものを蘇らせるのは、生半可な技術じゃ無理。難しい仕事だ)

自分ではない、他の職人が作った砂糖菓子をそっくりそのまま真似るのは可能だし、人によれば容易だとすら言うかもしれない。

しかしそれは、見本となる砂糖菓子が完璧な形で目の前にある場合。

薄闇の中に置かれていた、崩れかけの砂糖菓子が脳裏をよぎる。

あの砂糖菓子のモチーフになった花を、アンは見たことがない。そのため、作られたときの形や色を再現するのは骨が折れるはずだ。

だが――だからこそ、やりがいがあるかもしれない。

(今まで試したこともない、仕事……やってみたい)

胸の奥に沸き立ってくる気持ちは、未知のものに挑むときの喜びだ。

「ねぇ、シャル。ミスリル・リッド・ポッド。わたし、交渉役を引き受けようと思うの」

前に視線をすえたまま告げると、脚を組み、アンの隣にゆったりと座っていたシャルは、アンと同じように進行方向を見つめたまま答えた。

「おまえが、それを望むなら。好きにすればいい」

「スカーレットは、おっかなそうだけどなぁ」

ミスリルは顔をしかめた。スカーレットと対面している間、シャルの上衣の中に隠れていた彼も、しっかり会話を聞いていたらしい。

「まあ、アンがやりたいことなら俺様も賛成だ。いざとなったら、俺様がアンを、あのおっかない女から守ってやる」

力こぶを見せたミスリルと、「頼りがいがあるな」と、まったく頼りにしていない口調で応じるシャルに、アンはほっとして笑顔を向ける。

「ありがとう、二人とも。つきあってね」

二人がいてくれるからこそ、アンは勇気がわく。走り出すときに、思い切りの一歩を踏み出せるのだ。

日射しが注ぐ道から、馬車は森の傍らを通る陰った道へとさしかかっていた。その前方の道の脇に、ぽつんと一人の男の姿がある。所在なげに立っているその男に近づいて行くにつれ、顔がはっきりしてきた。

ミスリルが立ちあがり、身を乗り出す。

「おう、あれはサイラスって奴だぞ。あの女に追い返されてた、弱っちそうな、元夫だ」

馬車が近づく音に、サイラスは顔をあげた。その目にあった期待は、アンたちの馬車を認めて消える。しかしアンの姿に、はっとしたような表情をした。

「君、待ってくれ！　銀砂糖師の君！」

サイラスが道の真ん中あたりへと歩み出てきた。馬車を止めると、駆け寄ってくる。

「呼び止めてしまって、すまない。さっきスカーレットの別邸で会ったね。訊きたいことがあるんだ、君に。わたしは、サイラス・オルコットという者だが。怪しい者じゃない」

「アン・ハルフォードです。サイラスさんのことは、スカーレットから伺いました」

「ああ、聞いたんだね。元夫だって」

ばつが悪そうな顔を一瞬見せた彼は、すぐに訊く。

「それで、スカーレットのことを訊きたいんだ。彼女は、出かけるそぶりはあったかい？」

アンが首を横に振ると、彼は苦笑いする。

「……そうか」

信じて、待っていたのに――と、そんな彼の心の声が聞こえそうだった。

優しい茶の瞳に、寂しげな、諦めきったような色が浮かぶ。

「砂糖林檎の森のことで、スカーレットと争っておいでのようでしたけれど。銀砂糖子爵にお話をと、あのとき。もし、何か子爵に伝言があれば」

「ありがとう。でも、無駄だろうね。スカーレットが言ったように、銀砂糖子爵に嘆願しても、取り合ってもらえないだろう。銀砂糖子爵にとっては、土地の所有者が誰であれ、かまわないのはまったくその通りだろうから。所有者が、砂糖林檎の森を奪い取ったのだとしても」

　無視できない言葉に、アンは眉をひそめた。

「わたしは、スカーレットが所有する砂糖林檎の森から収穫する権利を得るために、遣わされました。銀砂糖子爵がスカーレットと交渉をしているのは、彼女が土地の所有者だからです。でも……本来は、スカーレットの土地ではないってことなんですか?」

「あの土地は、オルコット家の土地だ。わたしが祖先から受け継いだ、大切な」

「スカーレットは、サイラスさんの主張は理にかなってないと言っていましたが」

「そうだね」

　自らを笑うように、サイラスは口元を歪めた。

「理にかなう、か。そう切り捨てられれば、そうなんだ。でも、話し合いの余地はあるはずだ。わたしは彼女を信じていたし、今も信じたいと思ってる。幾度も彼女と向き合いたいと願って。……今日も、スカーレットはあんなことを口では言いながら、来てくれるかもしれないと思っていたけれど。でも彼女は、今日はもう、ここに来ないね」

　肩を落とし、サイラスはアンに笑顔を向ける。

「呼び止めて、悪かったね。ありがとう」

　背を見せて、森の奥へと続く道を悄然と歩み出す。落胆した様子の彼に、何を言えば良いのかわからず見送っていると、「サイラス」と呼ぶ、女の声が聞こえた。

　見れば、サイラスが辿っていく森の道の先に、質素な灰色の木綿ドレスに、使い古したエプロンを身につけた女性の姿があった。どこか小動物を思わせるようなちょこちょことした足取りで、彼女はサイラスに駆け寄ってくる。彼はその女性の肩を抱き、額に口づける。睦まじげな様子を見るに――彼の恋人だろうか。互いの腰を抱き、二人は並んで森の奥へと向かう。

その後ろ姿を見つめていると、徐々に胸の中にもやもやとした感情がたまる。

「あの……待って!」

思わず呼び止め、アンは手綱を放り出して御者台から飛び降りていた。

サイラスと女性が立ち止まりふり返ったのと同時に、アンはそちらに向かって駆け出そうとした。その背中に、「どうした」と、シャルの声がかかる。御者台をふり返った。

「聞きたいことがあるの、あの人に。スカーレットはサイラスさんの主張は理にかなっていないって言ったけど、あの人の様子を見てたら……もしかしたら本当に、スカーレットが交渉に持ち出している砂糖林檎の森は、あの人から奪ったものかもしれないって。それを確かめたい。とにかく、行ってくる!」

二人の妖精にそう言うと、不思議そうにこちらを見ているサイラスたちに駆け寄った。

アンは、スカーレットのために砂糖菓子を作ると決心したばかりなのだ。しかし彼女が、人から奪ったものを引き換えにして作品を要求しているとしたら、「わたしには関係ない」と、知らん顔をし砂糖菓子を作って良いものだろうか。それが気になるのだ。

「すみません。呼び止めて」

息を切らしながら言うと、サイラスは不思議そうに問う。

「なんだい？」

「話を聞かせてください。さっきの、詳しい話を。スカーレットに土地を奪われたって」

目の前の二人は顔を見合わせ、視線を交わし合う。

「それは、話すのはかまわないが。けれど、なぜ」

戸惑い気味に応じたサイラスの袖を、女性が緊張した様子で掴む。そのとき彼女の手の甲に、ミミズ腫れのような古い傷痕が幾本もあり、さらに小指の先が欠けているのが目にとまる。

よく見れば、腕まくりした手首から肘にかけては、同じような古傷が無数にある。花柄のスカーフから覗く首にも、傷痕がちらりと見えた。

(なにかの事故……？　それとも)

傷痕には邪悪な執念のようなものが感じられた。

「でも、サイラス……。この人は？」

警戒の色を滲ませる女性に、アンは訴える。

「ご迷惑なのは承知しています。本当に、ごめんなさい。わたしは銀砂糖師のアン・ハルフォードと言います。銀砂糖子爵の代理として、スカーレットとの交渉に来たんです。だから、彼女に関して不穏な情報があるのを確かめもせず、帰れないと思って。お願いです。話を聞かせてください」

自分の袖を摑んだ女性の手を、サイラスが安心させるように軽く叩く。

「心配ないよ、ジェイン。この子は、銀砂糖子爵の代理だ。しかもこの子には、この子の役目があるみたいだから」

宥めるサイラスの言葉に、ジェインと呼ばれた彼女が頷く。それを確認し、彼は続ける。

「いいよ、話そう。少し先の森の中に、わたしたちの家がある。君の連れも一緒に来ればいい」


案内されたのは、森の中の小道を少し入ったところにある質素な丸太小屋。

彼の家に案内され、中に入った途端に、アンは訊いた。

「サイラスさんは、看板屋さん……？　ですか？」

アンの家と変わらない小ささだった。

扉を入ってすぐの部屋の中央に、食卓と、木製の椅子が二つ。その食卓の上に、描きかけの見世物小屋の看板らしきものが鎮座している。小屋の外、軒下にも幾枚か、完成した看板のような板が立てかけられていた。

アンの肩の上からミスリルが、興味深そうに看板をのぞき込む。サイラスは照れたように、描きかけの看板をそこから退かす。

「これは副業だよ。といっても、実はこちらで生活費は稼いでいるんだ。本業はさっぱりで」

「本業？」

「あれだな」

と、アンの隣で、シャルが目顔で部屋の隅を示す。そこにはイーゼルがあり、キャンバスが立てかけられていた。その前に椅子と小さな作業机。作業机の上には、絵の具らしい瓶とパレット、筆が並んでいる。画を描く道具だ。

「画家なんですか？」

看板を壁に立てかけ、サイラスは首をすくめた。

「まあね。有名ではないけれど」

「すごい。わたし芸術家に、はじめて会いました」

目の前の男には芸術の才能があるのだと感心しながら、視線をふと別の方向にずらした、そのとき。視界に入ったものに、目が釘付けになった。

（あの花の画は）

部屋の最奥の壁に、小さなキャンバスが掛かっていた。描かれているのは、百合の花に似た形でありながら花弁が幾重にも重なっていて、レースのように花弁の縁が繊細な花。淡い青色。スカーレットが再現を要求している、エマの砂糖菓子のモチーフになった花に違いない。

「サイラスさん、あの花の画は？」

「わたしの作品だよ。さあ、どうぞ、座って」

食卓の椅子に着くと、サイラスはアンとシャルにも座るように促した。サイラスの肩越しに花の画を見つめていると、胸が躍った。

(花の色がわかる！　形も。花を描いた画があるなんて。なんて幸運な偶然。スカーレットが再現を望んでいる砂糖菓子は、この画を参考にすれば元の形にできるはず。けれど)

正面にいる男に視線を移す。

(スカーレットの要求に従うのが、正しいことなのかわからない。もし彼女が、砂糖林檎の土地をこの人から奪ったのだとしたら)

ジェインが、アンとシャル、サイラスの前に、木製のカップを置く。ほのかな湯気の立つ、香りの薄い茶だった。

「それで、君が訊きたいのは土地の話だったよね」

「はい。スカーレットに奪われたというのは、どういう意味なのか伺いたくて」

「じゃあ、あれを見せよう」

サイラスが目配せすると、ジェインが部屋の隅にある棚の引き出しから、質の良さそうな厚手の紙の束を取り出し、食卓に置く。どうぞと促され、それを手に取る。

契約書のようだった。細かな文字が並ぶ最後には、サイラスの署名があった。

文字を目で追っていくが、法律用語らしきものが並び、途中で意味がわからなくなる。ミスリルもアンと同様らしく、「ううっ」と苦しげに呻いた。

眉根を寄せ、アンが紙面を睨みつけていると、傍らからのぞき込んでいたシャルが口を開く。

「これは十七年前の契約書だな。サイラス・オルコット所有の土地は全て、エイワース商会の名義に切り替えると書いてある。土地は商会のもの、すなわち商会の代表者のものとなる。ただし、代表の配偶者には同等の権利がある、とも」

内容を把握したらしいシャルを、アンは目をぱちくりさせて見やる。彼は続けて、サイラスに問う。

「商会の代表者は？」

「スカーレットだ」

驚いて、アンは手にある契約書を見下ろす。

「えっ!?　てことは、これはサイラスさんが、自分の土地をエイワース商会、要するに代表であるスカーレットに譲渡するのに同意した契約書で。土地の所有者は、間違いなくスカーレット。彼女が言うとおり、サイラスさんに理はない」

サイラスは「そうだよ」と頷く。

「土地の名義はエイワース商会になっても、わたしがスカーレットの配偶者であれば彼女と同等の権利があり、土地を手放すことにはならないのだと説得されて……結婚と同時に、それに署名したんだ」

「そんな、迂闊です」

　思わず口にすると、サイラスは微笑した。

「そうは思わなかったし、今も、そうは思っていないよ。彼女は、画家であるわたしから、商売の煩わしいことを遠ざけたいと言って、そうしてくれたんだ」

　啞然とした。うまく丸め込まれたとは、考えないのだろうかと。

　それとも——心の底では不安を抱きながらも、信じたいと思っているのか。

　どちらにしても——危ういほど、人が良くないだろうか。

　サイラスの背後にいるジェインも、彼の善良さを危惧するかのように眉をひそめる。

「離婚すれば勿論、わたしは配偶者ではなくなるので、権利を失うのは当然だ。けれどその契約を交わしたときは、お互いにそんなことは露ほども考えていなかった。けれど……こうなった。昨年末、わたしはスカーレットと別れて、ジェインを妻にしたんだ」

　サイラスは背後のジェインに視線を向け、目元を和ませた。

「え……」

　どうしてと問うのは、ジェインを前にして失礼な気もして、言葉を飲み込む。それを察したのか、サイラスは目を伏せた。

「スカーレットと別れたのは、褒められたことではないとわかってるよ。けれど——耐えられなかったんだよ。傷つけられ続けるのは、苦しくて」

　肩に、ジェインがいたわるように触れると、彼はその指先を握って、力を得たように顔をあげて明るい表情を作った。

「とにかく、スカーレットは確かに今、この契約をたてにとってわたしの土地を返してくれない。けれど彼女は、そこまで無慈悲ではないはずだ。今は機嫌が悪くて拒絶していても、きっと話し合いに応じて、土地を返してくれると信じている」

「おめでたいなぁ、おまえ」

おそらくアンとシャルも内心思ったことを、ミスリルが呆れ声で口にしたので、アンは息が止まりそうになる。

「ミスリル・リッド・ポッド——っ!!」

肩の上からふん捕まえ、胸の内側に抱いて、むぐむぐ言うその口を押さえつけた。しかしサイラスは暢気に、あははっと笑う。

「大丈夫だよ、気にしなくて。周りのみんなにも、ジェインにも言われるから。昔から、そうだよ。子どもの頃から『お坊ちゃん』だって、からかわれる」

おおらかな表情だ。昔からお坊ちゃんと呼ばれており、あの広大な砂糖林檎の森の土地を所有していたとなると、彼はかなり育ちがよいのだ。育ちのよい人間特有の善良さが漂う。

「今年の砂糖林檎の森の所有者は、スカーレットかもしれない。けれど来年は、わたしになっているよ、きっと」

「そうですか」

と、なんとか笑顔を返したが、アンの中には疑問が残る。

(なぜサイラスさんの土地を、商会名義にする必要があったの?)

画家であるサイラスを煩わしいことから遠ざけたいと、スカーレットは言ったらしいが、そんな契約などしなくても彼を雑事から遠ざけることはできるだろうに。となれば、そこに——なんらかの意図がない限りは、そんなことはしない。

「来年は、わたしに……」とサイラスは口にしたが、その明るさに少しわざとらしさがあった気もする。彼も心の奥底では、スカーレットに対する不信があり、それを押し殺しているのではないか。

(スカーレットは、いったい。どんな人なの?)

もし彼女が邪悪な人であったら、彼女の求めに応じるべきなのだろうか。悪行に力を貸すようなことには、ならないだろうか。そう考えると、少し迷う。

しかしサイラスは今、目の前で笑顔を見せている。彼が不安ながらも笑っているならば、アンの疑念は邪推かもしれない。そうであるならアンはやはり、彼女の求めに応じるべきだ。

その日、一旦シルバーウェストル城に帰還したアンは、二日後には銀砂糖を一樽ヒューからもらい受けて馬車に積み、スカーレットの別邸を目指して手綱を握っていた。

　御者台の隣にはシャルがいて、二人の間の定位置にミスリルも座っている。

　夏の朝風は冷えて心地よい。ウェストルを抜け、街道に出ると、草木の香りが濃く風に混じり、清々しい。

「ああ、やだなぁ、やだなぁ。あのおっかない女の顔見るの、やだなぁ」

　シルバーウェストル城を出発してからずっと、ミスリルはぶつぶつ言い続けていた。

「怖いなら、シルバーウェストル城にいても良かったのよ？」

　ミスリルは、きっとアンを見あげた。

「できるか！　そんなもったいないこと」

「もったいない？」

「アンが仕事にかかりっきりになると、シャル・フェン・シャルの奴がアンに構って欲しくて、うじうじ苛々して、アンの周りをうろつく情けない様子を見ないのは、もったいないだろう」

　シャルの目が、氷点下の色になる。

「ここから、シルバーウェストル城へ向けて投げ返してやろうか？」

「ふん。そんな遠投能力が、あるならな」

「そのあたりの鳩を捕まえて、背中に括りつけて飛ばす」

「それじゃ、どこに行くかわかんないだろう!?」

　いつもの二人の声を心地よく感じながらも、アンは昨夜のヒューの言葉を思い出していた。

『わかっているな？　アン』

一昨日の夜、シルバーウェストル城に帰還したアンは、砂糖林檎の収穫とひきかえの条件をヒューに告げた。さらに砂糖林檎の森の所有権については、色々と事情がありそうだということも報告した。

まず最初にヒューは、森の所有権については『それは銀砂糖子爵の関知するべき事項ではない』と、斬り捨てた。交渉は正式な所有者のスカーレットと進めるのを大前提とする、と。

そして――、彼はアンに訊いたのだ。「おまえさんは、引き受けるか？」と。

アンが引き受けると答えると、彼は険しい表情で覚悟を問うように言ったのだ。『わかっているな？　アン』と。そして続けた。

『まったく同じ作品を作るのは、簡単なようで難しい。相手の目のみが、判断基準となるからだ。しかも模倣するべき砂糖菓子は崩れ、色も褪せている。それを再現するのがどれほど困難か、わかっているだろう。そもそも仮に寸分違わず作りあげても、判断する相手の記憶にあるものと違えば、違うと言われるんだぞ。理不尽なことにな』

さらに。

『様々な意味で、色褪せ壊れた、十七年前の砂糖菓子と寸分違わぬものを作れというのは不可能に近いぞ』

そう締めくくった。それでもやるのかと、問われていると察したアンは、「わかっています」と答えた。

それを聞くとヒューは、すぐに手紙を書いてスカーレットへ届けた。

銀砂糖子爵の委任により、銀砂糖師アン・ハルフォードが貴殿の求めに応じる、と。

返信はすぐに来た。そこには「承知した」とあり、そして、作業はスカーレットの別邸でおこなうことが条件として付されていた。十七年前の脆い砂糖菓子を、移動で損なう恐れがあるから、ということだった。

やってみる価値はある仕事だ。挑戦もせずに諦めるのは嫌だった。

（しかも作るのは、ママの残した作品）

幼い頃のアンは、エマの砂糖菓子がこの世で一番美しい砂糖菓子だと信じていた。大人になった今、多くの職人たちの作品を知り、エマの作品がこの世で一番美しいものとは、断言できなくなっていた。

しかし——かつては一番美しい砂糖菓子だと感じた、その思いは消えないのだ。現実は違っても、その思いだけは本物で今も残っている。

エマの作品を蘇らせれば、かつて自分が、幼い頃に感じた思いも蘇り、そのときの幸福感を味わえる気がする。自分の母親の砂糖菓子が一番美しいと信じていた、誇らしさと幸福感を。

（難しいからこそ……わくわくする）

職人として未知の仕事に挑む気持ちをわかっているのか、ヒューも止めろとは言わなかったし、銀砂糖も提供してくれた。

ただ——ヒューが唯一気にしたのは、ギルバート・ハルフォードの存在だった。気をつけろと釘を刺し、さらにシャルと離れるなとも言った。

(なにがあろうとも、作品を作らなくちゃ。いいことずくめじゃない。スカーレットは幸運を求めている。それに応えれば、砂糖林檎が手に入る。いいことずくめじゃない。わたしはもう子どもじゃない、大人の、一人前の職人なんだから、やりとげないと。そう大人——なんたって、人妻だし)

と思った途端、自分で思ったくせに急に恥ずかしくなる。自分で思って自分で赤面しているとは、我ながら重症だ。

「どうした? 暑いか?」

一人で頬を染めるアンを不審そうにシャルがのぞき込む。

「そ、そう。暑いの、ちょっとだけ」

慌てて誤魔化しつつ街道を進み、枝道に入りしばらく行き、ゆるい坂道をのぼる。青々と広がる芝生と、その向こうに建つ赤い屋根の屋敷が見えてきた。

スカーレットの屋敷に到着した三人に与えられたのは、二階のひと部屋だった。螺旋階段をのぼって右手にある部屋だ。

階段の左手側には短い廊下があり、その奥に三つ扉が並んでいる。最奥がスカーレットの私室と教えられた。

部屋は、こぢんまりしていたが客室らしかった。小さなベッドが二つと、チェストと、作業台の代わりになりそうなテーブルが一つ。

部屋に入って右手に二つ並んだ腰高窓があり、明るい日射しが射しこむ。

日当たりの良い二階に案内されたのが、意外だった。案内してくれたのは、スカーレットに仕えている、フィンリーというあの、暗い顔をした目つきの鋭い男だった。彼は案内の後、銀砂糖の樽も部屋に運び込んでくれた。

「ありがとうございます。フィンリーさん」

「フィンリーで結構」

無愛想な応答だが、意地の悪さは感じなかった。ぶっきらぼうな質なのかもしれない。

「客室を用意してもらって、ありがとうございます。わたし、ただの職人なのに」

「銀砂糖子爵の命令で交渉に来た方を、召使い部屋に泊められません。お屋敷の中では自由にして結構です。何かあれば、壁に取り付けてあるベルの紐を引いてください。わたしか、もしくは使用人の誰かが来ます」

フィンリーが出て行くと、アンは早速腕まくりする。

「ママの砂糖菓子をこの部屋に移して、作業を開始ね」

地下室からエマの砂糖菓子を移動させると、次には冷水の準備だった。屋敷裏手の納屋の中に井戸があると聞き、それはミスリルが「行く」と手をあげ、シャルを誘って向かった。その間にアンは、馬車から、砂糖菓子作りの道具を部屋に運び込む。銀砂糖を練るための石の板。手指を冷やす冷水を入れるための、石の器。成形のために必要なヘラや針や、はずみ車。色粉の瓶をつめた箱。

それらを運び終わり、改めてテーブルの上に置かれた古い朽ちかけた砂糖菓子の前に立つ。陥没し色褪せた砂糖菓子からも、かつての美しさはそこはかとなく感じられる。細部などを確認し、しばらく全体を眺めてから、馬車から持ち出してきたスケッチの束を手に取った。エマが書き残した、砂糖菓子の図案を描いたスケッチだった。紙をめくり続ける。花束の造形のスケッチは、二十枚ほどもあった。

しかし、目の前にある砂糖菓子と合致するものはない。

(この花は、なんの花だろう？　サイラスさんは画に描いてたけど)

考え込んでいると、シャルとミスリルが、冷水をくんで戻ってきた。

「ねぇ、シャル。ミスリル・リッド・ポッド。この花、見たことある？」

冷水の樽を置いたシャルはアンの隣に立ち、その肩の上にミスリルが乗って、テーブルの上にある砂糖菓子を見下ろす。

「俺様は、見たことないなぁ」

「同じくだ。特殊な場所に咲く花かもしれん。もしくは絶滅したか。花の名が必要か？」

「ううん。ちょっと気になっただけ。花の名前がわからなくても、サイラスさんが、この花の画を描いてたでしょう？　画の形や色を参考にしたら、欠け部分や色の再現はできる。何度かまた、サイラスさんに画を見せてもらわなきゃならないかもしれないけど。ただ、それよりも」

崩れた砂糖菓子を見下ろし、挑むように口にした。

「これを作ったときの作り手の思いがわからなければ、再現できないものがある」

エマは、この砂糖菓子をどんなふうに作り上げようと、考えたのか。

（スカーレットは、この砂糖菓子を手に入れて商会が大きくなったから、またこの砂糖菓子をと望んでる。けれどママは、これは結婚式のための砂糖菓子として作ったはず。だとしたらそれにふさわしい作品にしたはず）

崩れた砂糖菓子の無残な姿に、十七年前の輝きを想像し、重ねようとして見つめる。

「形や色だけをなぞってしまうのじゃ、味気ない砂糖菓子にしかならない。込められた思いによって、光沢や、線の柔らかさやなんかが、変わってくるはずなの。十七年前、ママがこの砂糖菓子を作ったときに見たもの、感じたものを、雰囲気に出さないとならない」

例えば、同じ画が描かれていても、なぜか雰囲気が違うと感じることはある。それは線の太さ細さだったり、勢いだったり、発色だったり。人の手で複製されるものは、均質ではない。微妙に変わる。アンは、十七年前の砂糖菓子の形を再現するだけではなく、そこにある微妙な雰囲気をくみとり再現する必要がある。

完璧に、それができるとは思っていない。

しかし完璧に近づけることはできる。

(ママだったら、どんなふうに思うだろう。どんな砂糖菓子にしたいと考える?)

目を開き、アンは腹に力を込めた。部屋の隅に置かれている樽に向かうと、蓋を開き、そこから銀砂糖を器にくみとり、石版にあける。

アンが仕事をはじめる気配に、シャルは作業の邪魔をしない気遣いなのか、黙って部屋を出て行った。

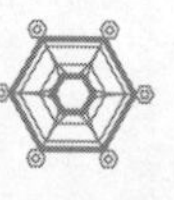

外へ出て、シャルは屋敷の周囲を見回った。まだ彼の中には、ギルバート・ハルフォードへの警戒心があった。エマを訪ねてくると言ったというその男は、いつ現れるのだろうか。

もしかしたら既に、密かに近づいている可能性も捨てきれない。

アンの箱形馬車は、屋根だけの、簡素な納屋の下に入れられていた。配慮が行き届いているのは、フィンリーとかいう、あの陰気な男の采配だろう。納屋から屋敷の方を見れば、ちょうどアンの姿が二階の窓の一つを横切る。

窓の下にシャルがいることにも、気づかない様子だ。

（また、夢中になっているな）

そんな妻の姿を見ると、頼もしいような、寂しいような、嬉しいような、複雑な気分になる。思うままに彼女に銀砂糖を触らせてやりたいと思う一方、彼女が銀砂糖ばかりに夢中になり、シャルの存在を忘れてしまうのも、すこし不満だ。

玄関へ回り込むと、駆けてくる馬の蹄の音が聞こえた。近づいてくるその音にふり返ると、屋敷の敷地に一騎の人馬が姿を現す。

馬は瞬く間にこちらに近づく。シャルの手前数十歩のところで騎手が手綱を引き、急に馬を止めた。馬は蹈鞴を踏むが、見事な手綱さばきでそれをいなす。

「あら、妖精さん。今日もお綺麗ね」

馬上の人は明るい声で言った。

シャルは無言で見あげる。

姿勢良く馬上からシャルを見下ろしているのは、燃えるような赤毛、長身のすらりとした体に、丈長の上衣と細身のズボンの乗馬用の衣装――スカーレット・エイワース。

「あなたの妻、砂糖菓子作りを引き受けてくれて良かったわ。期待してるのよ、とても」

乗馬手袋を外しながら馬から下りた彼女は、馬の鼻面を撫で、迎えに出てきた使用人に轡を預ける。

「それにしても、あなたが、あのおチビちゃんの夫とはね」

ずいとシャルに近づき、乗馬鞭を掌に打ちつけて鳴らしながら、からかうような目をする。

「その綺麗な顔で、うぶな女の子をたらしこんで、安全に悠々と過ごせて、あなたは本当にラッキーね。なんなら、わたしが結婚してあげてもいいのだけど。うぶな女の子みたいに、心からあなたを愛するなんてしないから、あなたも良心が痛まないわよ。まあ、あなたに良心があればの話だけど」

ひどい言われようだが、人間にはさんざんなことを言われてきたので、この程度では腹は立たない。無礼な言葉を受け止め、シャルは平淡な声で返す。

「おまえは、疑り深いようだな」

「どういう意味かしら？」

「俺があいつの伴侶となった、その愛情を疑っている。疑いを抱くのは臆病者だ。おまえのような女が、臆病者になる原因はなんだ？　夫であった者の土地を奪い取った、罪悪感か？」

嫌みを返すと、スカーレットの顔から表情が消える。

「知ってるの？」

「サイラス・オルコットに会った。彼が、おまえに土地を奪われ、取り戻したいが、おまえが交渉に応じないと言っていた」

「当然でしょう。応じるわけない」

「サイラスは、おまえがいずれ、応じてくれると信じているようだが？」

シャルの言葉に、スカーレットは眉をつりあげた。

「信じているの？　相変わらず、馬鹿みたいな男ね」

言葉に滲む怒気は一瞬だった。それを隠すように彼女は、ふっと、再び唇に笑みを浮かべる。

「まあ、あの人は変わらないでしょうよ。それより、彼の新しい妻は見たかしら？　仲睦まじかった？」

スカーレットの瞳を見返す。面白がっているような笑った口元とは裏腹に、瞳の奥にほのかに揺れるものがあった。

「そうだな。慈しみあっている様子だった」

「でしょうね」

鼻で笑うと、続けて言う。

「そういうことよ。だから臆病者になるし、わたしはあなたが、あのおチビちゃんをずっと愛するなんて信じられないし、なんなら今この瞬間も、愛を疑うわ。あのおチビちゃんが、傷つかないで欲しいから」

ぴしりと、強く今一度自分の掌に鞭を打ちつけると、スカーレットはきびすを返す。その背に揺れる炎のような赤毛。それを見送り、ひとつ確信した。

（あの女は……傷ついている）

四章　ギルバートの妖精

　銀砂糖を練っていると、喜びがわきあがる。自分の手から色が生まれ、形が生まれるのが、アンにとっては嬉しくて楽しくて、仕方ない。

　時間をかけて練りながら、樽の冷水で時々手を冷やす。銀砂糖をあつかう時、手が温かすぎると銀砂糖が粘つく。それを防ぐため作業中は手を冷やすのだが、夏場の今、いつもより頻繁に冷やさねばならない。

　水も、ぬるくなるのが早い。もう少ししたら、くみなおさないとならないだろう。

　練りの回数を呼吸に合わせるように数える。それは一度砂糖菓子制作の技術を失い、再び習得した段階でついた癖だ。感覚だけではあやふやだった技術を、数値に置き換えたり、順序を整理したりして、理解し、習得のやり直しをしたからだ。

　それを続けていると、数値と感覚が再び繋がってきた。例えば練りの時、回数を数えながら作業していると、適切な数値に近づく頃に、掌に触れる銀砂糖のなめらかさや艶に変化がある。その感覚的なものと数値がほぼ合っていることで、技術がより確実になった。

　数値と感覚が合致したとき、確信をもてる。

練り続け、もう頃合いだと指先が感じたので、青の色粉の瓶を手にした。耳かきのような小さな匙で色粉をすくい、すり切り棒でならす。

純白の塊に、匙に取った青を落とす。ごくわずかな量だ。

再び練る。すると純白が、ほんのり薄い青になる。

（いい色。でも、この色で良かったのかな？　もう一度、確かめたい）

これから、この青色で砂糖菓子の大部分をしめる花びらを作っていくのだ。色の間違いは致命的だ。薄青のグラデーションの具合も確かめたかった。

「ねぇ、ミスリル・リッド・ポッド。わたし、これからサイラスさんのところへ行ってくる。あの花の画を見せてもらうの」

「おう、なら、俺様も行くぞ」

と元気よくミスリルが腰を上げると同時に、シャルが部屋に戻ってきた。サイラスのところへ行くつもりだと告げると、彼はフィンリーに掛け合い馬を貸してもらった。

アンとシャルはそれに騎乗し、森へ向かった。

ミスリルは、シャルの拒絶によって留守番になった。サイラスは気にしていなかったが、「おめでたい」発言をしたミスリルを伴っていくのも気が引けたので、正直ほっとした。

マディソンの森と呼ばれているらしいそこに、サイラスとジェインの住む丸太小屋がある。

サイラスは看板の納品に行っており留守で、ジェインしかいなかったが、「砂糖菓子を作る参考にしたいから画を見せてほしい」とお願いすると、快諾してくれた。

シャルは馬と一緒に外で待つと言って、木立に馬を繋ぎ、その根方に腰を下ろした。

「綺麗な青。青の奥に紫も感じるような、透明感がある。これを砂糖菓子にできたら」

画を前に呟くアンに、ちょうど水くみをして家の中に戻ってきたジェインが、くすぐったそうな笑顔で近づいてきた。

「画を、褒めてもらえるの、嬉しいわ。しかもその画、わたしに捧げてくれたものだから」

「そうなんですか!? え、素敵。さすが芸術家ですね」

素直な賞賛に、ジェインははにかむように「ありがと」と口にして、画に視線を向ける。

「この世で最も好きな画家なの、彼が。彼の優しさやおおらかさが、画に表れてる」

「とても愛していらっしゃるんですね、サイラスさんのこと」

そう口にした直後、ふと複雑な気分になったのは、昨年までサイラスがスカーレットの夫だったからかもしれない。ジェインは、他人から夫を略奪するような女には見えないのだが——事実だけで考えれば、略奪なのだろうか、と。

略奪にしろ、何があったにしろ、ジェインの瞳には心の底から夫を慕う輝きがあった。

「愛してるわ。あなたも、夫のことはとても愛しているでしょう? さっき外で、あの人に聞いたの。あなたたちが夫婦だって」

「え、はい。それは、大好きで……愛してます」

自分に話題がふられたので、照れくささにへどもどして答えると、ジェインは笑う。

「本当に、大好きそう。わたしもね、夫は大好き。あの人と出会わなければ、わたしは――、どうなっていたかわからない。あの人がいなければ、わたしには価値がない。あの人が一緒にいていいと言ってくれるのだけが、わたしの価値なの」

極端な言葉に、驚く。アンもシャルと出会わなければ、銀砂糖師にすらなれていなかったと思う。しかしだからといって、彼が一緒にいてくれなければ自分には価値がないとは考えない。

（なんで、そんな考え方に）

困惑したアンの表情に気づいたのか、ジェインははっとした顔をする。

「ごめんなさい、変なこと言って。でも、そのくらい好きってこと」

無意識だろう、言いながら彼女が腕の古傷をなでる仕草をして目を伏せた。

「わたし両親が早くに亡くなって、遠縁に引き取られたの。そこで色々あって。去年、ようやく故郷に帰ってこられたの。それで、サイラスに出会えた」

何か、酷いことが彼女の身の上に起こったのだろう。何があったのかは定かではないが、サイラスとの出会いが、ジェインにとって幸いであったことだけはわかった。

礼を言って、アンとシャルは森の家を辞した。

シャルとともにスカーレットの別邸に戻ると、すぐにアンは銀砂糖を練り始めた。

(色は、大丈夫。しっかり頭に入ってる)

まずは作品の大部分をしめる、花の色の調整からとりかかる。

練った銀砂糖に青とわずかな赤の色粉を混ぜ、さらに練る。ほんのりとした薄い青色ながら、その奥に微妙な紫も感じさせるような透明感のある色になった。

「これは、綺麗な色だなぁ。あの画とそっくりだ。なぁ、シャル・フェン・シャル」

色粉の瓶をせっせと配置替えして、作業をやりやすくしてくれながら、ミスリルがうっとりとアンの手元をのぞき込む。

「同じだな、あの画と」

窓枠に腰かけ、外に目を向けていたシャルだったが、ミスリルの声にふり返る。

アンとともに花の画を見ている二人の言葉に、アンは俄然やる気がわく。

「色粉の配分は、間違ってない。けどこれから、ママがしたはずの工夫をこの崩れた砂糖菓子から読み取って、ママの作品を忠実に再現しないと」

改めて腕まくりした、そのとき。

「いい色ね」

不意に出入り口から声がして、そちらに背を向けていたアンは驚いて飛びあがり、ふり返る。

「スカーレット」

開いた扉の枠に手をかけ、にっと笑った赤毛の女。シャルは彼女が顔をのぞかせたのは先刻承知だったらしく、驚いた様子もないが、ミスリルはアンと同様に飛びあがり、そこにスカーレットの姿を見ると「出たっ！」と叫んで、ベッドの下に潜り込んだ。

「あら、失礼ね、そこの妖精のおチビちゃんは。人のことお化けみたいに」

「ち、チビって……言うな……」

おそるおそるベッドの下から顔をのぞかせ、果敢に抗議しようとしたミスリルだったが、にやっと笑ってスカーレットがそちらを見ると、「ひゃっ」と悲鳴をあげてあわてて顔を引っ込めた。

「なんですか？」

「交渉に入ったあなたが、どんな様子か見に来たのよ。気になるでしょう？　欲しくて、欲しくて、たまらない砂糖菓子だもの」

部屋に入ってくると、スカーレットはテーブルの上にある薄青い銀砂糖の塊を見おろす。

「この色、スカーレットが十七年前に見た砂糖菓子の花の色と同じですか？」

「色は、そうね。でも少し光沢が違うような気もするけれど」

「光沢？」

顎に手を当て、アンは考え込む。

（光沢はこれ以上練っても、あがらないはず。けれど違う？）

ということは、光沢を増す方向ではないということだろうか。

(それなら、光沢を落とす？　違う。落とすのじゃない？)

エマならばどう考えるだろうか。

この砂糖菓子を欲した、花嫁となる女は、心の中ではしゃいでいただろう。そんな彼女を、青年は眩しそうに見つめ、微笑んでいる。

二人を見て、エマは何を考えるのか。

目を閉じ、エマの声を思いだそうとした。四年も前に死んだ母親の声だが、すぐに耳の奥に蘇る。「あらあら」と、聞こえる。驚いたとき、嬉しいとき、呆れたとき、いつもそう言ってから、エマは喋り出した。

――あらあら。なんて幸せそうな二人なのかしら。

想像したエマの声は、綺麗なものを見つけたときと似た、嬉しそうな声。

――この幸福が、ずっとずっと続いて欲しいわね。

エマならば、きっとそう言う。そしてその思いを砂糖菓子に込めたはず。

(ずっと……だったら、派手さは、いらない。細やかに丹念に、けれど曲線は柔らかく。できるだけなめらかにして。光沢も控える)

エマは二人の幸せが刹那的なものではなく、長く続くようにと願いを込めたはず。

となると、輝きの中に落ち着きが必要だ。

「あっ！」

ひらめき、アンはテーブルの上にあった小さな器を手に取り、銀砂糖の樽まで走り、銀砂糖をひとすくいした。それを手に戻ってくると、今練りあげたばかりの銀砂糖の塊に、真っ白い銀砂糖の粉をふりかけた。

ベッドの下からミスリルが、「アン。なにやってんだ？」と、不審げに問う。

練りあがった銀砂糖にあとから銀砂糖を加えると、均質にならない。普通はやらないことだ。

しかし——。

「これで、いいの。見てて」

アンが練り始めると、スカーレットも目を大きく見開く。

「こんな感じだったわ……十七年前の、砂糖菓子の輝き。こんなふうな」

アンは笑顔で、ふり返った。

「やっぱり」

最高に光沢を高めた銀砂糖にあとから銀砂糖を混ぜることで、あえて細かな白い粒が混じるようにしたのだ。そうすると美しい光沢の中に、落ち着いた白が混じり、光を和らげる。

（これなのね。ママがやった、工夫）

思わず笑顔になっていた。

（楽しい。宝探しみたい）

エマの残した思いを、探して拾って、形にするのだ。

満足して、銀砂糖の塊を見つめる。

「腕がいいのね、あなた」

感心したように、スカーレットは口にした。だが少しの間を置き、不意に声音を低く変える。

「でも、勝手はよしてちょうだいね。フィンリーから聞いたわ。あなたたち、サイラスの家へ行ったそうね」

「砂糖菓子のモチーフになった花の色を確認するために、サイラスさんが描いた画を見に行ったんですけれど。いけませんでしたか?」

「あの男は、わたしを裏切った」

静かな声だからこそ、奥底に潜む怨嗟の響きに似たものに、ぎょっとした。

「しかも今は、土地を返せとごねてる。そんな男のところへ、わたしが望む砂糖菓子を作る銀砂糖師が行くなんて、不愉快よ」

「でも行かなくちゃ、砂糖菓子が作れません。あの花の画が必要なので」

「行く必要はないわ。この屋敷にも同じような画がある。それをフィンリーに、部屋に運ばせるから」

それだけ言うと、スカーレットはきびすを返し、部屋から出て行った。

早足に去って行く後ろ姿を、アンはただ驚いて見送った。

「もしかして、それを言うために来たの？　サイラスさんのこと、そんなに嫌いなんだ……」

ベッドの下から這い出てきたミスリルが、ぶるりと胴震いする。

「なんて度量の狭い女だよ、あいつ。元夫のこと、とことん憎んでんだな」

「……本当に、そうなのか？」

扉へと視線をすえたまま、シャルが呟く。

「どういうこと？　シャル」

「あの女はサイラスの新しい妻のことを、わざわざ俺に訊いた。自分で訊いて、少し動揺した様子だった」

「自分で訊いて、自分が動揺する？　意味がわかんないけどな」

ミスリルは不可解そうだったが、アンは、はっとする。

（それって）

アンにも覚えがある。シャルと出会って間もない頃、彼の思い出の中にいるリズのことが気になってどうしようもなくて、自分からどんな女の子だったのかと訊ねたことがある。自分で訊いたにもかかわらず、そのときアンはひどく動揺したのだ。

（スカーレットは、サイラスさんを憎んでいるのじゃなくて……まだ、愛している？）

彼への悪し様な言葉も、苛立った様子も、愛しているからこそだろうか。愛しているからこそ、自分と別れた彼に腹を立てているのかもしれない。

アンとシャルが夫婦だと聞いたとき、スカーレットが少し哀しげだったのは、種族の違う二人が一緒にいられるのに、人間同士の自分たちが別れてしまったことが哀しかったからなのか。サイラスは未だにスカーレットのことを信じているようだし、スカーレットもサイラスを愛しているとしたら、二人が別れなければならなかった理由はなんだろう。

——傷つけられ続けるのに、耐えられなかった。

サイラスが口にした言葉を思い出す。

あれがおそらく、スカーレットとサイラスがともに歩み続けられなくなった原因なのだろう。

(でも、愛する人を傷つけたりするの?)

それが不可解だった。

フィンリーがアンの部屋に、砂糖菓子のモチーフになった花の画を持ってきたのは、翌朝だった。薄茶に変色したキャンバスには、確かにあの花が描かれていた。画のタッチからサイラスの作品だとわかったが、描いている途中らしく線画だった。

それでもアンには充分だった。

色は昨日、確認している。これから大事になるのは、形だからだ。

続きの作業に取りかかった。

起きている時間のほとんどを、作業に費やした。

食事は部屋に運んでもらい、手早く済ます。夜は気が遠くなるまで作業し、限界になるとベッドに倒れ込む。シャルは部屋にいたり、いなかったり。ただ眠るときには必ず、隣のベッドにいてくれた。

そこまで急ぐ必要はなかったのだろうが、砂糖菓子を形にしていくのが楽しかった。

エマがこの世に残した思いを探し、形にする、宝探しだ。花びらの透け具合、葉につけられた葉脈の細さ、花にとまる蝶の羽の透かし彫りの形、玉の露の輝き。一つ、一つに、意図がある。それを見つけ、形にする度、喜びが沸いた。

楽しい、と。

「完成した……と思う」

スカーレットの別邸に来て、三日後。

部屋に射しこむ光が、夕暮れのオレンジ色に変わる頃だった。

テーブルの上に、十七年前の砂糖菓子が窓からの斜陽に照らされ置かれている。けれど砂糖菓子が今、悲惨な姿に見えない。

その理由は――隣に、同じ姿の砂糖菓子が、光をまとって存在しているからだった。それは古い殻から脱皮し、新たな命として生まれ変わった姿。かつての砂糖菓子が、その新しい砂糖菓子を生み、満足しているかのようだ。

　奥底に紫を潜ませる、薄い青の花びらが幾重にも重なる花の、花束。葉の色は薄緑と濃い緑が微妙に混じりあい、葉の葉脈は糸よりも細く繊細。花にとまった蝶の羽には複雑な幾何学模様が透かし彫りされ、その隙間を光が通る。薄い花びらも光を通す。花そのものが光を含んでいるかのような輝きだが、どこか落ち着いた柔らかな光になっているのは、独特の光沢のおかげだ。ただ葉の先に光る水滴だけは、鮮やかに鋭い光沢を放つ。

「これ、どうかな？」

　作業で痛だるくなった手をふってしびれを逃がしながら問うと、テーブルの上にいたミスリルが目を細めた。

「綺麗だよ、うん。いい出来だ」

「シャルは、どう思う？」

　窓辺にいるシャルを、ふり返る。斜陽の赤に照らされ、彼の羽もほのかな紅に染まっていた。

昨日今日と、彼はそうして気配を殺すようにしてアンとミスリルの作業を見守ってくれていた。

彼は窓辺から立ち上がり、テーブルに近づいて砂糖菓子を見下ろす。

「こちらの古い砂糖菓子が、そのまま新しく生まれたように見える」

　その評価に、肩の力が抜ける。二人の妖精の言葉に、自信がわく。

「スカーレットに、見てもらうわ。それで納得してもらえたら、砂糖林檎が手に入る」

あと少しだ。

「これから、行ってくる」

声を弾ませ、砂糖菓子を保護するための布を探して部屋を見回す。窓辺近くの椅子にかけてあったそれを手に取ろうとした、そのとき。

ふと流れたアンの視線が、開いた窓の外──そこからは、板葺き屋根と柱だけを備えた馬車置き場が見下ろせるのだが──そこに動くものを捉えた。馬車置き場にはアンの馬車しか置かれていないが、夕日に染まるその馬車の荷台の辺りに若い女性が佇んでいる。

金色の、ふわふわとした柔らかそうな髪をした女性で、背中に一枚羽がある。妖精だ。男物の丈長の上衣を身につけていた。上衣は体に合っておらず、肩や腰がだぶつき、袖からは指先しか出ていない。この屋敷で使役されている妖精だろうか。

彼女は珍しそうに箱形馬車の荷台の扉に触れていたが、おそるおそる扉を開く。

「あっ！　入らないで！」

思わずアンは声をあげた。シャルもアンの視線を追って、窓の外へ目を向ける。

「シャル、ミスリル・リッド・ポッド、ちょっと待ってて！　馬車の荷台に、誰か入ろうとしてる。止めてくる」

保護布を置くと急いで扉へと走る。

アンの箱形馬車の荷台は砂糖菓子を作る作業場で、聖なる場所だ。旅の道中、野宿するときですら、アンはけっして荷台に寝ることはない。

まして職人でもない者を、理由もなく出入りさせない場所だ。

声をかけられた妖精はびくっとして、こちらを見あげ、目を瞬く。

部屋を飛び出し、階段を駆けおり玄関を抜け、馬車のもとへ走った。金色の髪の妖精は、胸の前で両手を握り合わせ、怯えたように立ちすくんでいる。

「ごめんなさい！　わたしが荷台に鍵をかけ忘れてしまったから」

息を弾ませ妖精の前まで来ると、頭をさげた。

「おどかしちゃって、ごめんなさい。その馬車の荷台は砂糖菓子を作る作業場で、出入りして欲しくない場所なの。鍵をかけておくべきだったのに、荷物の搬入が終わった後、うっかりしてたみたいで」

妖精は怯えきっているらしく、目を見開いてアンを見つめるばかりで反応がない。随分、怖がらせてしまったようだ。シャルとミスリルが、部屋の窓からこちらを見下ろしている。

「大声出しちゃって。驚かせて。本当になんていうか……大丈夫？」

それでも反応がない。「あの」と、さらに言葉を継ごうとしたとき。

「何の騒ぎでしょうか？」

屋敷の裏手から、フィンリーが姿を見せた。相変わらずの鋭い目つきで妖精を見ると、彼は陰気な顔に少しだけ驚きの色を浮かべる。

「どうしたのですか。今日は、あなたお一人ですか？　ご主人様は？」

「フィンリーさん。この方、こちらのお屋敷の妖精じゃないんですか？」

妖精に歩み寄ったフィンリーは、威圧するかのように妖精の前に立ち止まる。じりっと、妖精が一歩足を引く。

「ギルバート・ハルフォードと名乗る男性が連れていた妖精です」

驚いて、アンはまじまじとその妖精を見つめる。

（わたしのパパかもしれない人と、一緒にいた）

ギルバートの姿があるのではないか。そんな気がして周囲を見回すが、人影はない。

「得体の知れない男です」

フィンリーが、アンにしか聞こえないような、細い声で言った。はっと彼を見やるが、彼は独り言のように――しかし、間違いなくアンに聞かせるかのように――小さく言葉を続ける。

気を付けろと注意を促しているのだ。

「わたしは、スカーレットがあの男の提案に乗るのは、賛成しませんでした。危うさを覚えました」

戸惑い、アンはフィンリーと妖精を見比べた。フィンリーは、冷たい声で問う。

「あなただけで、何の御用でしょう。ギルバート・ハルフォードは、姿が見えないようですが？　また来ると言っていましたが、どうしたのですか？」

「ギルバートは急な仕事で、故郷に帰ってしまいました」

妖精がやっと口を開く。声は細く、澄んでいる。

「わたしは手紙を預かって来ました。エマ・ハルフォードさん宛てにです。仕事で急遽帰宅しなくてはならなくなったギルバートは、手紙をわたしに託して、ウェストルで待つようにと命じました。それで……銀砂糖子爵のもとから銀砂糖師がここに派遣されたと、昨日噂を聞いたので、ギルバートの言いつけ通り、手紙をエマに渡したくて」

妖精の言葉に、フィンリーがどうするかと問うように、アンに目配せした。

(手紙。ママへ……パパかもしれない人から)

震えるような声で、頼りない風情で、妖精が懇願する。

「エマ・ハルフォードさんに会わせてもらえますか？　手紙を渡したいんです」

どうしようかと迷ったが、意を決し、進み出た。

「エマ・ハルフォードは四年前に亡くなってるの」

アンの言葉に、妖精は何度か不思議そうに瞬きした。

「え……でも。銀砂糖師がここに来たと、噂で」

「エマの代わりに、わたしが来たの。わたしも銀砂糖師で、アンっていうの。エマの娘。もしその手紙がエマ――ママに宛てたものならば、どうすればいいのかな。代わりに、わたしが受け取れるもの？」

告げると、妖精は呆然とアンを見つめる。

「エマが死んだ？　あなたが娘？　アン？」

ようやく口を開いた妖精は、困ったようにアンから視線をそらす。

「死んだ……でも、娘……」

小さく呟いた妖精の声がおろおろとしているので、気の毒になる。

「わたしがママの代わりに手紙を受け取るよりも、持ち帰って、エマは亡くなっていたとギルバートって人に伝える方がいいなら、そうして欲しい」

ぴくりと妖精の肩が震えた。考えを巡らせているかのように沈黙して動かなかったが、しばらくすると顔をあげた。こちらを見つめる妖精の瞳は、その髪色に似た金。思い詰めたように見つめられると、輝きが怖いほどだった。見る人によっては、気味が悪いと言うかもしれない。

「手紙、お渡しします。エマの代わりに受け取ってください」

「いいの？　手紙を書いた人に確認せずに」

「ギルバートだったら、こうすることを望むと思います。だから、どうぞ」

差し出された手紙を受け取ると、妖精は頭をさげて、そそくさと去ろうとした。

「あっ、待って」

呼び止めると、彼女はふり返る。斜陽に照らされた彼女の背にある羽は、金赤に透けた。

「この手紙の主に連絡を取りたかったら、どうすればいいの？」

「さあ……。わたしは何も聞いてません」

再び背を見せ、早足で坂道の方へと歩いて行く。どうしたものかと見送っていると、

「アン」

と背後から呼ばれる。ふり返るといつの間に部屋からおりてきたのか、玄関ポーチからこちらに向かってくるシャルの姿があった。近づいてきた彼はアンの傍らに立ったが、視線は小さくなった金の髪の妖精に注がれていた。

「上から見ていた。その手紙、何が書いてある。すぐに読め」

急かされ、封を開いて手紙を取り出す。

短い手紙だった。

『愛するエマへ
君がエイワースのもとを訪れるのを待っていたけれど、急遽帰らなければならなくなった。

君に会えるのを期待していたのに、とても残念だ。

君に会いたいよ、エマ。

もし君も、少しでも僕に会いたいと思ってくれるなら、ロックウェル州のコッセルに来てくれ。僕はそこにいるから。待っているよ。

愛を込めて　ギルバート・ハルフォード』

だけの手紙だ。
特に衝撃的な内容ではなく、会えなかったことを残念がり、できれば会いたかったと伝える
「普通の手紙……っていうか。伝言みたいな」

しかし手紙を広げたアンの手元をのぞき込んだシャルは、硬い口調で言った。

「手紙を持ってきたあいつをつけて、ギルバート・ハルフォードの正体を突き止める」

アンにあるのは、本当の父親なら会ってみたいというわずかな好奇心と、この手紙の主が父親かどうか信じ切れない、不信感だけ。手紙の主がエマを捜していようが、実際、エマ宛ての手紙を送ってくるだけで実害はない。うやむやなまま無視していれば、すむかもしれないとも思う。だが――すまないかもしれない。シャルはそれを危惧している。この手紙を読んだ途端に、彼の気配が鋭く変化したのを感じたのだ。

「この手紙に、気にかかることがあるの？」

それには答えず、シャルはフィンリーを見やる。

「おまえの主は、見ず知らずだったギルバートの話に乗っただけだと聞いた。俺が奴の正体を探っても構わんはずだな？　おまえの主は、文句は言わないだろう」

「おそらくなにも仰いません」

返事を聞くやいなや、シャルは駆け出した。流れた羽が夕日を撥ね返し、硬質な銀朱の輝きを放った。

「シャル！」

呼んだが、彼はふり返らず声だけを返す。

「おまえは自分の仕事をしろ」

不意の出来事に呆然としていた。

(行っちゃった、シャル)

しばらくすると、急にぞっとした。嫌な予感がしたのだ。しかしすぐに頭を振って、おかしな予感を散らす。

(シャルは強い。そもそも、この手紙を届けた妖精を追うだけだもの。危険なんてない)

それを知っているのに、なぜか不安を抱いたのは、シャルの生死がわからず、一年を過ごしていたときの後遺症なのだろうか。

大丈夫だと自らに言い聞かせる。戦いに向かうと承知しながら、シャルを見送ったことさえあるのだ。妖精一人を追うだけなのだから、危険はない。

(わたしは、仕事しなきゃ。シャルが言うとおりだ)

アンは、フィンリーに向き直った。

「フィンリーさん。スカーレットに伝えてください。交渉したいと」

「それは、砂糖菓子が完成したということですか？」

「はい。会えますか？」

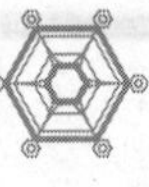

妖精が持参したギルバートの手紙を、アンは普通の手紙だと言ったが、シャルにはそうは思えなかった。文面だけ追えば普通の手紙だが、それがもたらされた経緯を考えれば、嫌な感じをぬぐえない。

眩しい日射しに目をすがめながら、シャルは芝生の庭を横切り、坂道を駆けおりる。

ギルバート・ハルフォードを名乗る男は、スカーレットと銀砂糖子爵を利用して、放浪しているはずのエマを誘い出した。是が非でもエマに会いたいから、そうしたに違いない。

しかし――急遽それができなくなった。

人を利用してまで会いたいと望むなら、切実に、会いたい事情なり心情なりを伝えればいいものを、妖精が持参した手紙にはその必死さがなかった。

なおかつ手紙を送った相手に、会いに来て欲しいと要求をしている。自分が用事を済ませてウェストルに戻るまで待っていて欲しいと請うのではなく、会いに来いと――。

書かれた言葉は優しく、懇願しているようでもあるが、結局は相手を動かそうとしている。

(捜して、呼び寄せ、誘い込もうとするようだ)

行動そのものが不可解なので、ギルバート・ハルフォードを名乗る男が、真実アンの父親だとはシャルには思えない。彼はとっくに死んでいて、別の誰かが、エマを誘い出しおびき寄せるためにその名を騙っている可能性が高い。しかも本物であれ偽者であれ、正体を知りたいとか会いたいとか、熱望はしていないので、無視して放置するのも一つの方法。

ただ正体も目的もわからない者が、こちらを窺っているのは不愉快だ。

今は問題がなくとも、それがどんな形に変質していくかわからない。

しかも。

(あの妖精はエマの死を知って、手紙をアンに渡した)

もしエマのみに執着する者があの妖精の主だとしたら、あの妖精もいくら娘とはいえアンに手紙を渡さなかったはずだ。エマが死んでいるのならば、娘のアンで構わないということだ。

主はそう考えると、あの妖精は判断した。

当初はエマが目的だった。だが彼女が死んでいたことで、目的がアンに変わることもある。

いや――既に、変わったのかもしれない。

ただ、その目的がわからない。

坂を下りきると、細い一本道が街道へ続いている。刈り終わった麦畑が左右に続いている道の向こうに、柔らかな金色の髪を揺らす妖精の後ろ姿を見つけた。長い影を地面に落としながら、ふわりふわりと歩いている。

息を整えると、気づかれない距離を保って歩き出す。

（あいつは、ウェストルから来たのじゃないな）

ウェストルで待つように言われたと、妖精はアンたちに話していたが、徒歩となるとかなり時間がかかる。今朝ウェストルを発ったとしたら、今の時間に到着できるはずはない。

ウェストルで待っていたというのは、嘘だ。

街道に出ると妖精は、進路を南へとった。

馬車がすれ違えるほどの幅がある街道は、整備が行き届いている。馬車の車輪を傷める大きな石は取り除かれているし、道の左右には側溝が掘られ、雨で街道が水浸しにならないような工夫もある。

毛織物の流通がさかんなので、交通量も多く、幾度も大型の荷馬車が長い影を引きながら何台も通り過ぎていく。

比較的安全な街道なので、要所要所に旅人を相手に商売をしている集落がある。五、六軒の建物が集まっていて、食堂や、替え馬を置いてある馬車屋、雑貨屋、宿などが、こぢんまりとした商売をしていた。

街道沿いにあるそんな集落の一つに、妖精は吸い寄せられていく。

歩調を速めて追う。

集落の中に入った妖精が、扉も窓も開け放たれた、食堂らしき建物へと入っていくのが遠目に確認できた。

食堂の正面、ぬかるんだ地面には粟粒が撒かれて、放し飼いの鶏がそれらをついばんでいた。建物を回り込み、窓へ近づき、そこから中の様子を窺う。

まだ灯りの入っていない建物の中は、薄暗い。カウンターが奥にあり、削りの荒いテーブルと椅子のセットが、五つほど並べられている。不揃いな石を敷いただけの床の上には、痩せた犬が暑さにうだったように腹ばいになっていた。

店員らしき者の姿はない。所用で出て行ったのかもしれない。

客は一人だけだった。四十歳前と思われる中年の男が、木のカップを両手で包むようにして握り、ぼんやりした表情でテーブルに座っている。店内に入った妖精は、迷わずその男のもとへ行き、肩に手をかけた。男が妖精を振り仰ぎ、微笑した。

妖精の顔がこちらを向きそうになったので、シャルは窓の脇へ身を潜める。

(あの男が主人か？　ギルバートか？)

男は、埃避けのマントを羽織った旅姿だ。彼らは、集落の人間ではないだろう。となればこの集落を調べたところで、彼らの正体は摑めない。

口を割らせるのが手っ取り早い。情報は聞き出せなくとも、行動を注視している者がいると知らせれば、アンに手を出しにくくなる。何を企んでいるにしろ、抑止力にはなるはず。

狙うならばあの妖精だ。

同じ妖精ならば、シャルが貴石の妖精で、戦闘力が高いことは察するはずだ。相手は、樹木から生まれた妖精特有の気配がある。戦う気すら起こらないほど、弱々しい。

もう一度窓の中を覗くと、男が妖精に何事か話しかけていた。妖精は頷き、再び出入り口へと向かう。シャルも素早く出入り口へと向かった。

戸口を潜って出てきた妖精は、建物の陰から飛び出してきたシャルに驚いたらしく、びくっと足を止めた。

「訊きたいことがある」

自分に話しかけられている自信がないのか、妖精はうろうろと視線を彷徨わせ、そこに自分しかいないのを確認すると、小首を傾げる。だぶついた上衣の中で、細い体が縮こまった。

「……はい。なんでしょうか」

「中にいる男の名はギルバート・ハルフォードか？」

その問いに、妖精の表情が変わる。

「あなたは誰？」

「質問は俺がしている。答えろ」

「あの……あの人は」

と、か細く言って、背後を気にする。怯えているのだろうか。夕日を受けている頬に睫の影が落ち、それが細かく震えている。

「答えろ」

「あの人……あの人は……」

震える声を絞り出したとき、不意に、金色の髪が揺れ大きくぐらついた。目の焦点がぶれ、体の力が抜けたように前のめりに倒れかかってくる。

「おいっ!」

よろけた妖精を咄嗟に支えた――瞬間。

目の前に金色の眩しい光が弾けた。

フィンリーは「ご自分の部屋でお待ちください」と言って、すぐにスカーレットの部屋に向かってくれた。

一旦部屋に戻ったアンのところに、ミスリルが跳ねてやってきた。

「シャル・フェン・シャルの奴、どこに行ったんだ!? まさかあの妖精に一目惚れでもして、追いかけたんじゃ」

「違うってば。あの妖精は、ギルバート・ハルフォードの手紙を届けに来たの。彼女のあとをつければ、彼の所在がわかるかもしれないからって、追ってくれたの」

ミスリルは本気で勘違いしていたらしく、ほっとした様子だ。

「なんだぁ、そうか。俺様はてっきり……ははっ。違って良かった。まあ、シャル・フェン・シャルのことだ。すぐに追いついて、居所を見つけるだろうぜ」

気楽なミスリルに「そうね」と応じながらも、アンはまた、少しだけ嫌な予感を覚える。

しばらくすると、フィンリーがやってきた。「スカーレットは、交渉されます。おいでください」と言うので、気合いを入れ、保護布をかぶせた砂糖菓子を手に取った。

「これを見せてくるね、ミスリル・リッド・ポッド。待ってて。スカーレットとの交渉が成功したら、朝には帰れる」

「大丈夫だ。それは、よくできてる」

と親指を立て、ミスリルは送り出してくれる。

スカーレットの私室は、アンたちが与えられた部屋と同じ二階に、階段をはさんだ位置にある。特に案内は必要ない近さだが、フィンリーが先導する。

「自信がおありですか？　その砂糖菓子に」

ふり返ることもなく、フィンリーが問う。

「ええ。十七年前の砂糖菓子そのものだって、自信があります。母が砂糖菓子を作ったときの考えや技巧を、的確に捉えた――自信があります」

「残念です、それは」

「どういう意味ですか？」

問い返すと、フィンリーはちらっとだけふり返り、淡々と口にした。

「そんなもの、ないほうがいい。それはあの人をしばりつけるだけのものです」

言葉の真意を訊きたかったが、既にスカーレットの部屋の前まで来ていた。

「スカーレット。アンを連れてきました」

扉の外から声をかけると、「入れて」と答えがある。彼は扉を開き、中に入れと目顔で促す。

スカーレットの部屋は、くつろぐための部屋と言うよりは、仕事をするための部屋のようだった。窓際に大きな樫の机があり、書類が山と積まれ、壁には地図や、州公の発布した州則などが書かれた紙が、細い針で留めてある。

暖炉はあるが、夏なので火は入っておらず、代わりに植物の鉢が一つ押し込まれていた。

長椅子一つと、一人がけの椅子が二つ、低い机を囲んで配置されていた。

右手の壁側に扉が一つ、開け放たれて中が見えていた。そこが寝室らしい。物置のような狭さで、ベッドが窮屈そうに収まって、その上にドレスが乱雑に放り出されている。

（生活全部が、仕事みたい）

この部屋を見てまず、そう感じた。

ヒューの執務室は仕事をする場所として区別され、彼が寝る場所は別にある。アンの小さな家にしても、寝室だけは別にしてある。

スカーレットの部屋は仕事場の中にベッドがあり、眠りに落ちる瞬間まで仕事をして、また目覚めた途端に仕事を始めているような、そんな雰囲気があった。彼女にとっては商会が最も大切で、それを守ることに全力を傾けているのだろう。仕事が生きることそのものなのだ。

「さあ、いよいよね。交渉に来てくれたのね」

ヒューの執務机によく似た、大きな樫の机で書き物をしていたスカーレットが、顔をあげた。

「あ、はい」

部屋の様子に気を取られていたアンは、慌てて砂糖菓子を机の上に置く。書類の山の間に置かれたそれを、身を乗り出してスカーレットはのぞき込む。

「これが、わたしの準備した交渉のための砂糖菓子です。ご覧ください」

保護布を取り上げる。ふわりと、柔らかな光を含む、花束の砂糖菓子が出現した。

スカーレットは少し目を大きくして、それに見入る。

「どうでしょうか」

自分の鼓動を強く感じながら、返事を待つ。

顔をあげ、スカーレットが一言口にした。

「これは――違うわ」

「……え？」

　違うとはどういう意味か。問い返そうとしたが、その前にスカーレットは椅子に背を預け、険しい表情で腕組みする。

「交渉は失敗よ。この砂糖菓子は、わたしが十七年前に目にしたものと、似ているわ。そっくりと言っても、いいかもしれない。でも違う」

「違うって、どこがですか？　そっくりなら、違うはずないのに」

　勢い込んで問い返すと、スカーレットは顔をしかめた。

「そうねぇ。どこがって言われても、うまく言えないわ。そっくりだと思うけど、ただ——十七年前にこの砂糖菓子を目にしたときの感動がないって言うのかしら？」

「そんな、あやふやな」

　呆然と口にした。

「だって、そうなんですもの」

　そんな漠然とした感覚で、同じだ違うだと判断されたら、何をどう作れば同じと認めてもらえるのか、わからない。

　砂糖菓子は完璧に近い形に再現できた自負があるだけに、混乱した。

「でも、そんなこと言われたんじゃ、再現は不可能……」

　と、口にしかけてはっとした。

ヒューはアンに忠告した。『そもそも仮に寸分違わず作りあげても、判断する相手の記憶にあるものと違えば、違うと言われるんだぞ。理不尽なことにな』と。さらに『様々な意味で、色褪せ壊れた、十七年前の砂糖菓子と寸分違わぬものを作れというのは不可能に近いぞ』とも。

それを聞いて、承知して、アンはやると言ってしまったのだ。

無意識に拳を握る。

(できないって、言いたくない)

それは職人の矜持だ。

(なんとか、するんだ)

唇を噛むアンを見て、スカーレットは意地悪げにこちらをのぞき込む。

「降参？　仕事を放り出して、帰る？」

「いいえ」

強く答えた。

「違うと言うなら、また作り直します。あなたが同じと思える砂糖菓子を、再現します」

「意地っ張りね」

「意地ではありません。これが、わたしの仕事だから、すぐに降参したくないんです」

ふっと、スカーレットが笑った。

「わたしも、仕事で降参するのは嫌だわ。でもこの砂糖菓子は仕事じゃないから、別にあなたを、打ち負かそうと思っているわけじゃないの。ただ、欲しいのよ。とても欲しい。十七年前の、あれが。この砂糖菓子は十七年前のものによく似てる。でも本当に、どこかが違うの」

（この人）

アンは、目を見開く。

（この人は本当に、この砂糖菓子が十七年前と何かが違うと感じてる。ただそれが何か、自分でもわからないだけ）

だとしたら、本人にもわからない違いを、アンはどうやって見つければいいのだろうか。

頭の芯が痺れて意識に靄がかかっている。

見回せば、見覚えのない家が並ぶ。大きな街の近くでよく見かける、比較的安全な街道に点在する集落だろう。

（ここはどこだ。俺は何をしていた）

なにも明瞭にわからなかった。

記憶は――頭の中にちゃんとある感じはする。ただそれを順序立てて理解する糸口を失っている。頭の中を引っかき回され、たくさんの記憶をごちゃごちゃにされ、整理されていない。

だから動けない。よくわからない。断片的な何かが、頭の中で渦を成す。

立ち尽くしていると、集落の自警組織らしき、屈強な若者が三人ほど近づいてくる。ごろつきのような目つきだが、そうでなければ、ならず者から集落を守る役には立たないのだ。

「どうした、妖精。ご主人様とはぐれたか」

「迷子なら、俺たちが新しいご主人をみつけてやる」

からかうように言いながら二人がにじり寄って来ると、残りの一人が首を傾げる。

「新しい主人を見つけても、羽がもとの主人の手にあったら、逃げたと思って羽が処分されるぞ。すぐに死んじまうじゃねぇかよ」

「馬鹿か。それでいいんだよ。すぐ死んじまうってわかってても、ちょっとの間でも楽しめりゃいいっていう、妖精を買う道楽者はいるんだ」

小突かれた若者は、「あ、そうか」とへらへら笑う。

「こんな綺麗な妖精なら、すぐに買い手がつくぜ」

「今日の拾いものは、すげぇな」

まだ頭の中の靄は晴れず、シャルは好き勝手なことを口にする若者たちを無感動に見つめていた。それを怯えて竦んでいるのと勘違いしたのか、一人の若者がシャルの手首を摑んだ。

「ほら、こっちに来い！」

摑まれた感触に、突然全身に震えが走った。背にある一枚の羽がびりびりと震え、硬質な色に変わった。その瞬間、シャルの中に唐突な怒りが吹き出す。

「触れるな！」

若者の手を振り払い、背後に跳び、身構えた。

ふつふつと腹の底から怒りがわく。次から次へと、わいてくる。

（奪われた……羽を）

自分の背には羽が、一枚しかない。そんなはずはないのだ。リズと一緒に過ごした十五年、シャルの背には二枚の羽があり、それにリズは折りに触れ、口づけ、慈しんだのだ。

リズ。黒曜石を見つめてシャルを誕生させて、かくまい、殺されるまでシャルとともにあった人。リズは血まみれで石の床に倒れていて、周囲を騎士たちが取り囲んでいた。シャルはその連中を一人残らず斬り捨てたはずなのに、まだ三人も目の前に残っているのか。

ばらばらの断片的な記憶が、でたらめに、目の前の状況に繋がっていく。そんな感覚はあったが、記憶に伴う感情に翻弄された。

（奴らが俺の羽を）

右掌を広げ、そこに意識を向けると、きらきらと光が寄り集まってくる。それは凝って形になり、白銀の剣になった。柄を握り身を低く構える。

身構えながら頭のどこかで「待て、何かがおかしい」と、自身に呼びかける声がある。しかし己の背から羽が失われている衝撃と、リズを目の前で殺された衝撃が強く、響く声に耳を傾けられない。

若者たちが、恐れをなしたように後退る。

「こいつ戦士妖精だ!」

鋭く、低く、シャルは駆けた。この木偶三人ならば、まとめて丸太のように斬れる。低い位置から横に跳び、彼らの真横からまとめて胴をなごうとし、残忍な笑みを浮かべた瞬間。

――シャル!

頭の中で誰かに呼ばれ、はっとし、思わず地を蹴り、若者たちの背後へ跳ぶ。

若者たちが悲鳴をあげ、逃げ出す。

「戦士妖精が! 凶暴な戦士妖精がいるぞ! 誰かエイワース自警団に連絡しろ」

わめく彼らの声が遠のいていく。息苦しくなり、肩で大きく息をする。

(敵が来る。おそらく、大勢)

数を頼みに追いかけられ、追い詰められ、捕まり、羽を失う。

(いや、羽はもうなくした)

額を手で押さえ、眉根を寄せる。混乱していた。

(わからない。だが、ぐずぐずしていては捕らえられる)

若者たちが人を呼び集める声を聞き、シャルは駆け出した。集落を出て、街道を北へ走った。

五章　愛する人に捧げる花

スカーレット本人にすらわからない違いを、どうやって見つけ出せばいいのか。

半ば呆然としながら、砂糖菓子を手に部屋に帰ったアンは、テーブルに砂糖菓子を置くと、すとんとベットに腰を下ろした。

「どうだったんだ、アン」

アンの表情から芳しい結果ではなかったのを察したらしいミスリルが、気遣うようにアンの膝に乗ってくる。

「交渉は失敗。違うって。でもスカーレット自身も、どこが違うのかわからないって」

「そんなの、じゃあ、どうすればいいんだ？」

目をくりくりさせたミスリルに、アンは苦笑いを向けた。

「どうしようかなって、考える。降参したくないから……」

と口にしたそのとき、自分の手元がひどく暗いのに気づく。窓の外へ目を向けると、景色が紺色の夜空に沈みかけている。

「ねぇ、シャルは帰ってきた？」

「まだ、帰ってないぞ。あいつが出て行ったのは、ついさっきだろう？」

「そうよね」と頷いてみたが、そのとき開いた窓からざっと強い風が吹き込む。湿った匂いのするそれは、雨が近いことを知らせる。すると、なぜかいても立ってもいられないような気持ちになる。

（シャル……）

それでもその気持ちを押しこめた。アンは、考えなければならない。スカーレット自身すらもわからない違和感を見つけ、十七年前の砂糖菓子を再現するために、どうすればいいのか。

テーブルに近づき、崩れた砂糖菓子と、再現した砂糖菓子を見比べる。

時間は、瞬く間に過ぎた。

考え続けてはいたが、時々シャルが心配になり、窓辺によって外をのぞく。

窓から外をのぞくのは何度目か、もはや数えるのすら億劫になった頃、いよいよアンの不安は大きくなっていた。

（何かがあった、シャルに）

不安が、確信に変わろうとしていた。

開きっぱなしの窓の外の暗闇に目を向け、アンは両手を握り合わせた。微風がカーテンを揺らす。湿った風は、濡れた土の香りを含んでいた。いよいよ雨が近づいている。

月は分厚い雲に隠され、塗り込められたような闇が窓の外には広がっていた。

わずかな灯りは、スカーレットの別邸の窓から漏れる灯りと、敷地の出入り口にある、自警団屯所の戸口に掲げられたランプのみ。

さすがのミスリルも心配顔で窓枠に座り、アンと一緒に外を見ていた。

「帰ってこないな、シャル・フェン・シャルの奴」

「……捜しに行きたい」

無茶を承知で口にした。

「無理だってわかるよな、そんなこと」

「わたしのせいだもの。シャルは、ギルバート・ハルフォードの正体を探るために行ったんだから」

「あいつは、自分が気になるから行っただけだ。アンが気にすることじゃない。しかも何かあったって決まったわけじゃない。遠くに行きすぎて、帰るのが大変だからどこか宿に泊まることにしたかもしれないしな？　待つしかないさ」

そのとき、坂道を駆けあがってくる小さな光が見えた。

「誰か来る」

期待を込めて窓から身を乗り出すが、坂の頂に現れたのは見知らぬ男だ。ランプを手にしたその男は、慌てた様子で自警団屯所の扉を叩く。扉が開き、自警団の一人が顔を出すと、男は早口に何かまくし立てた。すると自警団は扉の内側、背後に向かって何か告げ、アンたちのいる別邸へと駆けてくる。

「お？　何かあったのかな？」

ミスリルも身を乗り出す。自警団は別邸のノッカーを鳴らし、フィンリーが応対に出る。そしてすぐさま、二人がスカーレットの部屋に駆けあがった気配がした。

しばらくすると自警団は再び飛び出し、続いてフィンリーが玄関から早足に出てくると、厩の方へと向かっていく。

窓からその様子を目で追っていると、扉がノックされた。

「アン。話がある」

スカーレットの声だ。急いで扉を開くと、乗馬服に着替えたスカーレットがいた。

「出かけるんですか？　こんなに暗くなって」

「ええ。近くの集落が、自警団に助けを求めに来たの。普段であれば自警団だけが出て行くけれど、わたしも行かなければならない。あなたを、連れて行く必要があるだろうから」

「なんのことですか」

赤い髪をかきあげてから、忌々しげに口を開く。

「集落の者が、危険な戦士妖精が現れたと言ってきたの。若者が数人、襲われたらしいわ。幸い彼らに怪我はなかったけれど、その戦士妖精は集落から逃げて、近くの森へ逃げ込んだ。危険な妖精は放っておけないから、集落の自警団とエィワース自警団で追い詰め、捕らえるか殺すか、しなくちゃならない」

「戦士妖精？　まさか」

その言葉だけで血の気がひいていたが、スカーレットはだめ押しに言う。

「愛玩妖精と見まごう、黒髪、黒い瞳の、片羽の妖精。白銀の剣を作る能力があるらしい。それは、あなたの夫ではないの？」

それは間違いなくシャルだ。しかし、信じられない。

「シャルは、人を襲ったりしません」

「ではその妖精はあなたの夫ではない？　殺してもかまわない？」

言葉に詰まる。

（シャルはそんなことしない。けれど……、その特徴は、シャルとしか思えない）

立ちあがってこちらの話を聞いていたミスリルが、眉を吊り上げた。

「そいつがシャル・フェン・シャルだったら、そんじょそこらの奴が束になったって、返り討ちに遭うのがおちだぞ」

アンは考えを巡らせ、唇を噛む。

「シャルは人を襲ったりしません。けれどなにかの間違いで、危険な妖精と勘違いされてるかもしれない。確かめに行きます」

スカーレットの傍らを押し通って飛び出そうとしたが、二の腕を掴まれる。

「そう言うだろうと思って、あなたを連れて行くために、わたしも準備したのよ。こう見えても馬のあつかいはうまいの。せっかくエマの砂糖菓子を作ってくれる子を、人任せにはできない」

「でも、危険かもしれません。わたしは仕方ないけど、スカーレットはここで」

「行くわ。わたしが指示を出す必要がある。あなたの夫であれば、守ってあげたいわ」

守ってあげたい——。

その言葉が意外でもあったし、また焦燥感でいっぱいのアンには頼もしかった。

「守って……くれるんですか？」

「わたしの望みを叶えてくれる銀砂糖師が、失意の底で仕事ができなくなっては困るもの。自警団を宥める必要があったとき、それは、わたしにしかできない。でもね」

冷徹な声で、覚悟しろと言わんばかりに続けた。

「あなたの夫であったとしても、必要ならば殺せと命じるわよ」

何が起こっているのかわからないが、間違いなく、シャルは何かに巻き込まれている。今このときもシャルが追われているとするなら、迷っている暇が惜しい。

「お願いします。一緒に連れて行ってください、すぐに」

「来なさい！」

赤い髪をひるがえし、スカーレットがきびすを返す。それを追って走り出そうとしたアンの背に、ミスリルの焦った声があたる。

「アン！　俺様も」

一瞬だけふり返り、答えた。

「何が起こるかわからないから、ここで待ってて！」

ミスリルまでも、危険にさらしたくなかった。

厩から引き出された馬が二頭、フィンリーに轡を取られて別邸の玄関で待っていた。スカーレットは一頭の白馬にアンを押しあげて乗せ、その後に自分は身軽く、同じ鞍にまたがった。

「しっかり、つかまっていなさいよ」

命じられ、アンはスカーレットの腰に手を回してしがみつく。

松明を手に、もう一頭の葦毛馬にまたがったフィンリーに、スカーレットが問う。

「場所はどこ」

「マディソンの森です」

場所の名を聞くと、スカーレットの体が緊張したのが腕に伝わってきた。

「走るわよ。舌を嚙まないようにして」

言うやいなや彼女は、馬の腹を蹴った。

馬が駆け出すと、激しく体が上下に揺すぶられる。馬は屋敷の敷地を駆け、坂を一気に下っていく。灯りは、前を行くフィンリーが掲げる松明のみだ。その灯りだけを頼りに、押し包まれるような真っ暗闇を疾駆する馬にまたがっているのは、恐ろしかった。馬がいつ転倒し、投げ出されるか。そんな怖さに、掌に嫌な汗が滲む。

坂を下りきって、二騎はさらに走る。左右に森が迫るうねる道を駆けていくと、進路の先に、幾つもの灯りが揺れ、森の一部がぼんやりと浮かびあがっている場所があった。

「あそこです！」

フィンリーに言われるまでもなく、アンにもわかった。幾本もの松明の炎に照らされ、浮かびあがった木々の間に、多くの人影がある。みな手に、松明と剣や弓を携えていた。

馬を止めるとスカーレットはすぐさま飛び降り、アンに手に差し出す。それを握って飛び降りると、気が急いて、スカーレットよりも先に走り出し森へ駆け込んでいた。「馬をお願い」とフィンリーに命じるスカーレットの声が、背後で聞こえた。

足の速いらしい彼女が、すぐにアンに追いついてくる。

あちこちに、何かを遠巻きにするように人が散らばっている。ある者は松明を手にして、もう一方の空いた手に剣を構え、ある者は弓に矢をつがえ、いつでも放てるように準備していた。

(シャルなの⁉　本当に)

そのとき、

「スカーレット！　止まれ」

聞き覚えのある声が、右手の森の中から聞こえた。ふり向くと、ランプを手にした、目の優しい無精髭の男がこちらに駆けてくるところだった。サイラスだ。

そこでアンは、この森が、サイラスが住む森だったと思い出す。

「銀砂糖師の君も、止まれ！　近づいては危険だ！」

思わず足を止めたアンとスカーレットに、彼は駆け寄ってきた。息を切らしながら彼は、武器を手にした男たちがいる辺りを指さす。

「君が来たということは、話が伝わっているんだろう。彼を追い詰めたが、武器を手にしてるし、とんでもなく強い。これだけの人数を集めても、危ないかもしれない。数日前に会ったときとは様子が違う。彼は今、正気じゃない」

「向こうにいる妖精は、わたしと一緒にいた彼なんですね⁉」

「そうだ。しかし」

サイラスの言葉を最後まで聞かず、アンは再び駆け出す。

(シャルだ！)

なぜ、こんなことになっているのだろうか。なぜ、大勢の人に追われ、武器を向けられ、狩られようとしているのだろうか。様子が違う、正気じゃないと、サイラスは言った。もしそれが本当だとすると、シャルの身に何があったのか。

(わたしのために、行ってくれたから。行かせてしまったから)

不安と後悔とで、視界が滲む。

弓を構えた男の背後に駆け寄ると、彼はびくりとふり返って、目を見開く。

「あんた、誰だ。嬢ちゃん。ここに来たら危ない！」

男の声は、アンの耳に入っていなかった。

雨を予感させる、湿った空気が満ちる森。その森を、揺らめく松明の炎が不安をあおるように照らす。木立がまばらになった目の前の空間には、柔らかな下草が生えている。

その真ん中あたり——影と光が揺れる中に、美しい黒髪の妖精の姿があった。手にはそれそのものが輝きを発するような白銀の剣。黒い瞳。

シャルだった。

様子がおかしい。

アンの姿を見ても、なんの反応もない。いや、アンの姿が目に映っていないのだろうか。そう思わせたのは、彼は目を開いてこちらを見ているようなのだが、その焦点が微妙に、男たちともアンともずれているからだ。

シャルの全身から、怒りの気配が立ちのぼっている。目につく全てを斬り伏せようとするような、残忍とも言える色が瞳に浮かぶ。こんな目をするシャルを、アンは知らない。

「シャル！」

大声で呼んで駆け寄ろうとしたが、その肩を背後から伸びてきたスカーレットの腕が摑む。

「やめなさい、アン！　彼には聞こえちゃいない」

「放して。わたしが、なんとかします！」

「なんとかって、あなた」

「わたしの夫です！」

ゆるんだスカーレットの手をすり抜け、男たちの前に出た。シャルに向かって五歩ほど進み出ると、彼との距離は十歩ほど。

背後で、男たちが弓を構えてシャルに狙いをつけた気配を感じる。

「やめてください、お願い。弓を下ろしてください」

ふり返らずに、静かに請う。しかし彼らが構えを解いた気配はない。

緊張の糸が引き絞られていく。

ぎりぎりに張り詰めたこの糸は、わずかなきっかけで切れる。そうなればシャルに向かって矢が放たれる。簡単に彼が傷つくとは思えないが、逆に彼が、人間を傷つけてしまう方が恐ろしかった。人を傷つけた妖精は罰せられる。

潤む視界の向こうにシャルを捉えつつ、アンはもう一歩近づく。

「シャル」

シャルはアンに切っ先を向ける。それが衝撃だったし、恐ろしかった。

「何があったの、シャル」

声も指先も震えていた。しかし——決意だけは揺れない。

（守るんだ、シャルを。絶対に。わたしの大切な、夫だから）

震える膝で一歩踏み出す。シャルの剣先が戸惑うように揺れた。

アンは、身を竦ませた。

そのわずかな間を、アンの背後にいた男は好機と捉えたのかもしれない。

「伏せろ！」

背中にあたった声にふり向くと、男がシャルに狙いを定めて今にも矢を放とうとしていた。

「やめて！」

矢の軌道を邪魔するように、アンは動いた。男は驚き、矢を放つ直前に方向がぶれた。矢はアンの右側を走り、シャルの背後にあった木の幹に突き立つ。

シャルの目に怒りが燃えあがり、身を低くし、剣を構えて飛び出す。矢を放った男に一直線に向かう彼に、アンはしゃにむに飛びかかった。

「だめ、シャル！」

矢を放った男が恐慌をきたしたらしく、再び矢をつがえる。スカーレットが「よしなさいっ！あの子にあたる」と、男を制止する声が聞こえた。

しかし間に合わなかったのか、矢が放たれた音がした。

矢が、アンの腰の辺りをかすった。それでもシャルの胸に必死に飛び込み、彼の体を抱きしめた。

「シャル！　お願い！」

リズを殺し、自分の片羽を奪った者たちが襲ってきた。シャルを追い詰めようとする人間たちの数は多いし、弓を携えているのも厄介だが、対応できない数ではない。逃げ続けるか、戦うか。迷った瞬間矢が放たれた。放たれたのは憎悪だ。それに触発される。

こちらも多少傷つくかもしれなかったが——もはや怒りは限界に達し、我慢がならない。

皆殺しにしようと身構え、飛び出した瞬間だった。

何者かが飛びかかってきた。咄嗟に斬り捨てようと、刃の方向を変えようとした、その一瞬。

甘い香りがした。

銀砂糖の香りだった。

飛びかかってきた者はしゃにむにシャルにしがみつく。胸にしがみつかれたが——、それに危険を感じなかった。なぜならそれが、ふわふわした感触だったからだ。これは温かいという感触。それを知っている。

甘い香りと、柔らかな心地よいもの。

（——……アン！）

その名が記憶の中から浮かびあがった途端、ばらばらに散って混乱していた記憶が、いきなり磁石で吸い寄せられるようにぴたりと綺麗に自分の中で形になった。

シャルは——、動きを止めた。

渾身の力でしがみついているアンが、シャルの胸に顔を埋めて涙声で言う。

「シャル、やめて。剣を消して。お願い。そうしなきゃ、シャルが殺されちゃう」

シャルは呻く。

「殺される……もしくは、捕らえられる」

「させない。そんなこと絶対に、させない。信じて」

今、自分がどんな状況にあるのかはわからなかった。周囲は暗く、殺気に満ちている。武器を手放せる場面ではない。だがアンが、シャルに武器を消せと言っている。

（信じろと、アンが言っている）

幾度か大きく息をし、決意した。シャルは剣から意識を散らし、光の粒に返した。

「これで、いいのか？」

「……うん。ありがとう、シャル。良かった……良かった。シャル」

弱々しい涙声だ。

「アン……」

呼んで抱きしめると、アンの体がびくりと硬くなり小さく呻く。

「アン!?」

細い体を抱いた掌に、ぬるりとした感触があった。揺れる光と影の薄闇の中で己の掌を見て、ぎょっとした。血だ。アンのドレスの腰のあたりが、黒く濡れている。鉄錆に似た匂いがした。

(傷を、誰が!?)

混乱の余韻か、再び燃え上がりそうになる怒りを静めるように、アンがさらに強くシャルの背に手を回す。痛みに顔をしかめながら、首を横に振る。

「動かないで。お願い。今下手に動いたら、周りの人を刺激しちゃう」

痛みをこらえながらの様子で、アンは背後に視線を向けた。

「スカーレット……! お願いします。もう、大丈夫です。だから、お願い……」

アンの声と視線の方向を追って、シャルはようやく、この場にスカーレットの姿があるのを認めた。アンを抱えた彼を、自警団らしき男たちが取り囲んでいたが、誰もが、恐怖と戸惑いの表情でこちらを注視している。

(俺は……さっきまで、リズを殺し、俺の羽を奪った連中を相手にしていたはず)

混乱した記憶に引きずられてそう思っていたが、実際は自警団たちを相手にしていただけなのだろう。そう悟ると悪寒を覚えた。誰も殺さなかったはずだが、そうできたのはシャルの中で、彼を呼んだ声があったからで――。

「……すまない。混乱していた」

アンを抱きしめたまま、周囲の連中にゆっくりと顔を向けて告げる。

「人に危害は加えない。約束する」

シャルを取り囲む連中はまだ、弓につがえた矢をこちらに向けているし、剣を手にした者は柄を両手で握って睨んでいる。誰一人構えをとかない。彼らが攻撃を躊躇しているのは、アンがいるからだ。彼女を巻き添えにするのを恐れている。

(だからなのか、アン)

アンが無謀にも、混乱したシャルに飛びかかったのは、彼を止めるための他に、こうして盾になれば自警団が容易に手出しをできないからなのだろう。

「わたしの、夫です！ 人を傷つけたりしません……！」

痛みをこらえながらアンは声を張ったが、語尾が掠れている。痛みに堪えかねたように歯を食いしばり、シャルの胸に顔を埋めた。

静かな緊張が漲る場所で、スカーレットがゆっくりと歩き出し、こちらに向かってくる。

「スカーレット」と、自警団が制止の声をかけるが、彼女は「大丈夫よ」と言い、シャルとアンの目の前までやってきた。

「妖精さん、正気に戻ったのね」

炎の陰影で、うごめくようにすら見える赤毛。その女を見つめて、シャルは声を絞り出す。

「こいつの傷の手当を、して欲しい」

抱いたアンの体が、微かに震えている。ぽつりと、蒼白になったアンの頬に雨粒が落ちた。

「頼む、エイワース。俺は自分が何をしたか、よく覚えていない。人を傷つけたなら罰は受ける。だから頼む。アンの傷の手当をしてくれ」

雨粒が次々に落ちてきた。シャルの頰も、スカーレットの肩も、瞬く間に湿っていく。

木々の葉を叩く雨音が高くなっていく。

「今そこで確認したわ。あなたは誰も傷つけてない。剣を振り回して逃げただけよ。それを見て集落の自警団が怖がって、あなたを追いかけた」

言うと彼女は、周囲を取り囲む連中をぐるりと見回した。

「みんな引きなさい！　この妖精は危険じゃないわ」

「だが、スカーレット！　そいつは剣を！」

反駁する自警団の声に、スカーレットはふり返る。白い雨粒が闇の中に突き刺さるように、激しく降り始めた。松明の炎が衰え、シャルもアンも、見る間にずぶ濡れになった。アンのドレスの血の染みが、濡れ広がっていく。早く手当をしなければと焦るが、今、自分は一言も発してはならないとシャルは悟っていた。アンを抱きしめて雨粒から庇いながら、耐える。

「剣を振り回したのが、なんなの？　誰か死んだ？　傷ついた？」

「それは、幸いなかったが。剣を振り回すような妖精を野放しにしては危険だ」

「こんな弱々しい女の子が恐れない者を、あなたたちは怖がるの？　お笑いぐさだわね。わたしは、わたしの自警団は引かせる。集落の自警団は、やりたいなら勝手になさい。けれどこの女の子はわたしの客人で、銀砂糖子爵の代理人よ。それをよく考えて行動することね」

雨は既に、土砂降りと言ってもよかった。激しい雨の中、シャルの額から頰に、瞼に、雨粒が流れていく。スカーレットの赤毛も濡れて、肩に貼りついていた。

自警団たちがようやく構えていた剣を下ろし、弓を下ろす。

「ありがとう……スカーレット……ありがとう……ありがとう……」

うわごとのように、シャルの腕の中でアンが呟いている。

自警団たちが互いに目配せし、その場を離れはじめたのを確認したスカーレットは、こちらをふり返った。

既にアンは意識が朦朧としているのか、さっきまでのうわごとめいた呟きも止まっていた。

スカーレットは「アン」と声をかけ、薄明かりの中で目をこらし、彼女の腰のあたりに視線を注ぎ顔をしかめた。

「深い傷じゃないだろうけど、出血を止めなきゃ」

「頼む、エイワース」

懇願するシャルの腕の中で、アンは薄目を開いているのみだ。「平気」と口にしていたが、その声には力がない。

「もちろんよ。この子には、砂糖菓子を作ってもらわなきゃならないもの。フィンリー！」

呼ぶと、暗い顔の男が雨に顔を伏せながら駆け寄ってくる。

「アンを、すぐ屋敷に運ぶわよ。ここに馬を連れてきて」

「しかしスカーレット。まず止血をしなければ。このまま馬に乗せては、さらに出血が」

「この雨の中じゃ、どうにもならないでしょう！」

　スカーレットが怒鳴った背後から、

「わたしの家へ運べ！」

　男が一人駆け寄ってきて、決然とした口調で言った。

「すぐそこだ。怪我人を無闇に動かしては、駄目だ。わたしの家へ、早く」

　見覚えのある彼は、サイラス。

「でも、あなたの家に」

　戸惑う様子のスカーレットに、サイラスは叱るような口調で告げた。

「君の客人だろうが、誰の客人だろうが、怪我人だ。こんな怪我をした子を目の前にして、変なこだわりは、よしてくれ！　わたしは、一足先に帰ってベッドを整えておく」

　それ以上の問答は不要とばかりに、サイラスはきびすを返して、雨の降りそそぐ闇の向こうへと駆け出す。

　シャルは、アンを抱え上げた。

「あの男の家へ案内しろ、エイワース。彼の言うとおりだ」

　スカーレットは苦い顔をしたが、それでもすぐに決断し、頷く。

「わかったわ。フィンリー、お医者様をサイラスの家へ連れてきて。さあ、妖精さん。あなたはこっちに来て、案内する」

指示を受けたフィンリーが駆け出すと、スカーレットも、サイラスが走り去った方向へ早足で歩き出す。それについて行くと、程なくして木々の向こうに、窓から灯りの漏れる丸太小屋が姿を現す。一度訪問した場所だ。だが、暗闇の雨の中、案内がなければ辿り着けなかっただろう。

激しい雨の中、家の灯りは頼もしく温かに映る。出入り口の扉は開かれており、そこに一人の女が立っていた。サイラスの妻、ジェインだ。

顔に当たる雨を腕で避けながら、スカーレットが先に女に近寄る。

「あなたが、ジェインなのね」

「はい。ジェインです。とにかくどうぞ、怪我人を中に……」

と促す彼女を、スカーレットは凝視している。シャルが追いつき横に並んだが、なんの反応もしないままに、ただジェインを見つめている。

ジェインが不審げな顔をする。

「あの、怪我人を」

「エイワース」

細い声で、しかし鋭く名を呼ぶと、スカーレットはようやく、はっとしたらしく、口元を歪める。

「はじめて顔を見たわ、あなたの」

「わたしのこと、ご存じなんですか？　あの、あなたは？」

「スカーレット・エイワースよ」

ジェインは、あっと小さく声をあげ両手で口を覆う。

「……スカーレット……」

「そう。あなたに、夫を奪われた女よ。まあ、いいわ。とにかく怪我人を中に入れてあげて。妖精さん、早く」

促されたシャルが戸口を潜ろうとすると、スカーレットはシャルとは逆方向にきびすを返す。

「中に入って待ってなさい。医者を来させるから」

雨の中へ早足で歩き出す、赤毛の貼りついた背中。ジェインはその背中を戸惑ったように見ていたが、すぐにシャルとアンにふり返った。

「このお嬢さん、酷い怪我。どうぞ、早く中へ」

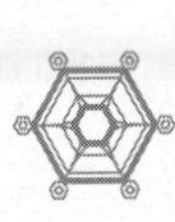

（シャルが殺されちゃう。駄目……シャル……シャル……）

体が熱く重く、それが苦しくて、息を吐くのも吸うのもままならない。呼吸が止まりそうになり、もがき、その苦しさを吐き出すように叫んでいた。

「シャル！」

声を発したことで喉のつかえが取れ、空気が胸に入った感覚があり、目が覚めた。

目に映ったのは梁が剝き出しの薄暗い天井で、見覚えがある気もするのだが――思い出せない。ここがどこなのか疑問に思うより先に、口走っていた。

「シャルは？　シャルが……」

「ここにいる」

優しく落ち着いた声がして、横になっているらしいアンを、黒曜石の瞳がのぞき込む。そして樹木に似た、冷たいはずなのにどこかほんのりとだけ温かみがある手が、アンの額に触れる。

「シャル……。無事……？」

シャルはアンの額に口づけた。そして感情を押し殺すように、囁くような声で告げる。

「無事だ」

安堵と感謝が、その声にあふれていた。アンはようやくほっとした。

「いつものシャルだね……」

手を伸ばし、自分の頰に触れるシャルの髪に触ろうとしたが、腰の痛みに呻いてしまう。

「まだ動くな。止血はできたが、手当の直後だ」

自警団に囲まれたシャルにしがみついた後に、腰を何かがかすった感覚があった。その後にも痛みはあったが、まさか出血するほどの怪我だったとは思ってもみなかった。あのときは怖くて、必死で、それを感じる余裕すらなかった。

「おまえに救われた……アン」

アンの頬や髪、首に、シャルが、優しく触れる。感謝の言葉の代わりのように、幾度も。

「すまなかった。あの妖精を追って、街道沿いの集落に行った。奴は男と落ち合っていた。そいつの正体を訊きだそうとしたが——あの妖精に触れた瞬間に、混乱した。あの妖精の能力かもしれないが……何があったのか、わからない」

「わたしのために行ってくれたんだもの。シャルが、謝ることじゃない。わたしこそ、仕事を引き受けたばっかりに、シャルをあんな目に遭わせることになった。ごめんね」

「おまえのせいじゃない」

見つめ合うと、シャルがこうしていてくれることに、泣きたいほどの嬉しさがこみあげる。どちらのためであれ、どちらの責任であれ、互いが無事でいられて一緒にいられるのだ。

「ミスリル・リッド・ポッドも、心配して待ってる。早く無事を知らせてあげなくちゃ」

「帰ったら、あれこれ文句を言われそうだ」

小さく嘆息したシャルに、思わず笑ってしまう。確かに事の顛末を聞いたら、ミスリルはシャルに、ここぞとばかりに悪態をつきそうだ。

「目が覚めたね」

無精髭に温和な表情のサイラスが、シャルの傍らから顔をのぞかせた。

「サイラスさん？」

「ここはサイラスの家だ。雨が激しくて、怪我をしたおまえをエイワースの屋敷に運べなかったから、ここに連れてきた」

断片的な記憶が蘇る。雨が降ったのだ。スカーレットが興奮した自警団たちを止め、アンは土砂降りの中でシャルに抱えられていた。枕に広がるアンの髪が、湿っている理由がわかった。

「ありがとうございます、サイラスさん。そういえばスカーレットは」

「彼女は、君たちをここに案内して医者を差し向けてくれたよ。もう少ししたら夜明けだ。そしたら馬車で迎えをよこすと、フィンリーが伝言してきた」

シャルにしがみついたあのとき、スカーレットがどんな判断をするかわからなかったが、すがれるのは彼女しかいなかった。必死の訴えに、彼女は応えてくれたのだ。

ぶれる視界の中で見た、アンとシャルを守るように立ちはだかった、背中に流れる赤毛が頼もしかった。彼女の言葉はよく聞き取れなかったのだが、全身から発する気迫が、アンに「任せろ」と言っているようで、ほっとしたのだ。だからその後、安堵したアンは気が遠くなったのかもしれない。

サイラスの傍らにまた別の顔が、ひょっこりとのぞく。純朴そうな、優しげなジェインの顔。

「良かった。目が覚めたのね。喉は渇いていない？　水か白湯か、温めた山羊のミルクか。飲めるようなら、少し喉を湿らせた方がいいわ」

「ありがとうございます。ジェインさんにも、お世話をかけて」

「いいのよ。それで、何か飲む？」

「じゃあ、白湯を」

サイラスはジェインの肩に手をかけ、二人で白湯の準備をするためにその場を離れた。

サイラスたちが白湯を準備してくれたので、シャルの手を借り、ゆっくりと慎重に、ベッドの上に起き上がった。彼に背を支えられて、木のカップに入った適温に冷まされた白湯に口をつけると、からからに渇いた喉に心地よく染みた。

アンが寝かされているベッドは、普段長椅子のように利用されているらしい。壁際に寄せてあり、さらには普通のベッドに比べると幅が狭い。

雨音が、外から響いている。

ジェインとサイラスはともに食卓に向かい、豆の皮むきを始めていた。

落ち着きを取り戻したアンの視線は、見るともなしに小屋の中を彷徨う。

視線は、部屋の最奥の壁にかけられている、繊細な花の画へと向かう。

（スカーレットが望む砂糖菓子を、再現しなくちゃいけない。この画に、何かヒントがあれば）

ぼんやり見つめていると、以前から気になっていたことが口をついて出る。

「あの花の名前……なんだろう」

その呟きを耳にしたらしいサイラスは、小さく声を出して笑う。

「あの花は、『愛する人に捧げる花』っていうんだよ」

「どこに行けば咲いてるんですか？」

問うと、彼はとんと自分の頭を悪戯っぽく指さした。

「ここだよ。この中。あれは、わたしがずっと昔に夢で見た花なんだよ」

「え？　て、ことは。現実にはない花なんですか？」

「そう、夢の花だよ。少年の頃に、夢を見たんだ」

ふっとサイラスの瞳が、ここにはない何かを見ているように遠くなる。

「この花が一面に咲いている場所で、わたしは最愛の人に巡り会い、そこに咲いていたこの花を捧げるんだ。でも夢の中だから、最愛の人の顔が今ひとつわからなくてね。わたしは少年の頃から、ずっとこの花を捧げる相手を探していたんだ」

そこで彼は視線を目の前に戻し、テーブルを挟んで座っているジェインに微笑みかける。

「だからあの画は、ジェインに捧げてる」

ジェインはくすぐったそうな笑みを浮かべて、顔を伏せた。

（あの砂糖菓子は、実際にある花じゃなくて、サイラスさんの画をもとにして作られたんだ）

この家で花の画をはじめて見たとき、幸運な偶然だと思った。しかし——偶然ではない。それはここにあってしかるべきものだったのだ。

エマが作ったのは、サイラスが夢に見た幻の花。

今はジェインに捧げられているこの花の画は――、かつてはスカーレットに捧げられたのだとしたら。そのことがもしかすると、スカーレットが再現された砂糖菓子に抱く違和感を、解き明かす糸口になるかもしれない。

アンが注視するべきは、崩れた砂糖菓子ではなく、この画かもしれない。それを確かめようとしたが、せっせと豆を剝くジェインが気になった。今、自分に捧げられている画が、かつては別の誰かに捧げられていたなどという話は、誰も聞きたくないはず。

暫し考えて、問う。

「サイラスさん。エマ・ハルフォードという銀砂糖師に、この画を見せたことはありますか？」

ジェインを気遣った結果の質問だったが、サイラスはわずかに困惑の色を見せた。思い出したくないことを問われた、という感じだった。

「さあ……」と、彼は曖昧な声を出した後に、開きっぱなしの窓へ視線を向ける。丸太小屋の窓に高価なガラスなどは入っておらず、撥ね上げ式の板が、つっかえ棒で支えられているだけだ。そこから小雨の降る湿った音と、微かな明るさが室内に入り込んでいた。

夜が明けようとしていた。

「スカーレットの屋敷からの使いが、遅い。ジェイン、道の方まで見に行ってくれないかい？

使用人たちは森になれてないから、この家を見つけづらいのかもしれない」

ジェインは、「いいわよ」と言って席を立った。彼女が扉を出て行くと、サイラスは手にしていた豆の殻をテーブルの上に静かに置き、アンに向き直る。

「すまないね、話の腰を折った。ジェインには聞かせたくない昔話になるかもしれないから、彼女がいる目の前では答えづらかった。ジェインはわたしと出会うまで、苦労を重ねた人生だったから、ちょっとしたことで不安がってしまう」

サイラスの言葉と、ジェインの欠けた小指と傷痕が重なる。少し胸が痛む。

「それで、エマ・ハルフォード？　彼女に画を見せたからなんなんだい？」

「やっぱり、画を見せたんですね」

エマを知っている口ぶりに、アンは身を乗り出す。その拍子に傷が痛んで顔をしかめると、シャルがいたわるように背に手を回してくれた。

「昔、見せたよ。そして彼女に、君にしたのと同じ話をした。けれど、それが？」

「わたしは今、砂糖菓子を作らなければならないんです。エマ・ハルフォードが十七年前に作った砂糖菓子を、再現する必要があるんです。砂糖菓子を完成させれば、スカーレットは所有する土地の砂糖林檎の収穫を了承してくれます」

不可解そうな表情が、サイラスの顔に浮かぶ。

「君は、その十七年前の砂糖菓子がなんのために作られたものか教えられたか？　あれは、スカーレットとわたしの結婚の祝いのための砂糖菓子だったんだよ。終わってしまった結婚を祝福した、砂糖菓子だ。なんで今更、スカーレットはそんなものを欲しがるんだい」

すこし怯え、同時に期待するような色が彼の目に浮かぶ。しかし――。

「結婚と同時にエイワース商会を興して、成功したからもう一度同じような幸運が欲しいそうです。今、強力な商売敵がいるからと」

「……え？　……そんな……砂糖菓子すら？」

すとんと、サイラスの肩から力が抜けたように見えた。

「商売？　商売と……スカーレットは言ったのかい？　砂糖菓子が欲しい、理由を」

「はい」

「……ああ……そうなのか。わたしが捧げた花を模した、あの砂糖菓子さえ」

彼の声に、落胆が滲む。

長い沈黙のあと、サイラスは拳を握って、自分の膝を叩いた。

「結局商売か！」

吐き出した。

その瞬間――、彼の中で何かが砕けたような気配がした。それはスカーレットを信じたいと願う、無邪気な彼の心だったのだろうか。

ずっと彼の中では、疑念があったのだろう。それを生来の人柄の良さで押さえ込んでいたが限界に達し、むき出しになった。そして彼の心を突き刺したのだろうか。

　サイラスの声が、嫌悪の色に変わる。

「スカーレットは、あの砂糖菓子を再現したいのは商売のためだと言った。ということは、十七年前の砂糖菓子も、彼女にとっては商売のためのものだったということか。わたしは」

　絞り出すサイラスの声が、掠れた。

「わたしは、結婚の祝福だとしか思っていなかったのに」

「結婚の祝いのためだったと、スカーレットも言ってました」

「わたしにも彼女は、そう言ってた。全て、そうだ。全てわたしのため、愛しているから、結婚が嬉しいからと。それを信じたし、信じていたかった。でも……違う。そうでなければ、なぜ今、商売のために砂糖菓子を欲しがるんだい？　最初の目的が商売のために欲したものだから、今も、商売のためにそれが欲しい。違うかい？　彼女の気遣いや優しい言葉の裏側には、すべて打算があった。彼女には、わたしへの愛情などなかった。そういうことだろう？　わたしの鈍い頭でも、ようやく理解できたよ。わたしは愚かだ。彼女を信じたいと思ったことが……愚かだ」

　一気にまくし立てると、彼は自分の手元に視線を落とす。

（商売のために十七年前の砂糖菓子が欲しいと言うならば、十七年前のそれも、商売のためっていうこと。だとしたら十七年まえの結婚は……打算？）

違う――と。アンの中で否定する声がした。スカーレットはサイラスを愛していると、アンは感じるのだ。十七年前の結婚が打算であるはずがない。

だとしたら十七年前の砂糖菓子が、商売のためだけであるはずがない。

ということは――、今、彼女が砂糖菓子を求める理由もまた、商売のためだけではない。彼女は商売のためと口にしたが、それこそが嘘。

いや、嘘ではないかもしれないが、それだけが理由ではないのだ。

スカーレットの心が、アンには見えかかっている。

しかしサイラスは、違う。彼には、スカーレットの心が見えない。それはスカーレットの、彼に対する態度や言葉や行いが、見えなくさせているのだ。

「今の今まで信じたくなかった。かつて信じた愛情が、まやかしだったと。でも……君の話を聞いたら、現実を認めるしかない。最初から彼女は、全て打算でわたしと結婚したということを。純粋に愛を誓い合ったと思っていたのは、わたしの方だけだった」

「そんな、違います。スカーレットは」

「どうして違うと言えるんだい？　彼女はわたしから財産を奪い、今もまともにわたしとの話し合いにさえ、応じない」

「愛していても……愛しているから！　あなたと離れてしまったことに、苛立ってるんです」

「別れたことで彼女の誇りを傷つけたのが、許せないだけだよ。彼女はもともと、わたしのような男を愛する人ではないと、早くに気づけば良かった。けれど、わたしは、愛されていると思って十七年前は有頂天だったから」

サイラスは窓の外に聞き耳を立てるように、暫く沈黙した。ジェインが帰ってくる足音がしないか確かめていたようだ。細かな雨の降る静けさのみだとわかると、自分の傷をおそるおそる確かめようとするかのように、口を開く。

「わたしの一族はこの近辺の土地を所有していて、裕福だったんだ。スカーレットは我が家の土地を借りて麦を育てている小作農の娘で、あまり裕福とは言えない一家の一人娘だったけれど、幼い頃から利発で元気で明るかった。わたしとは正反対だ。綺麗な赤毛は幼い頃からで、わたしは彼女の輝くような存在感に憧れていた。好きだった」

好きだったと言った声に、自嘲の響きがあった。

「わたしは近所の子たちには、『お坊ちゃん』あつかいされていたから、周囲に距離を取られていたんだが、彼女だけは物怖じせず仲良くなってくれた。年頃になって、スカーレットの輝きは眩しいほどに思えて。わたしは彼女とずっと一緒にいられたらどれほど幸せだろうと思って、結婚を申し込んで……結婚した。彼女のような女の子がわたしのような男を好きになるとは思えなかったから、とても嬉しかったけれど。彼女の方は」

支えてくれるシャルの腕を、アンは無意識に握っていた。

「打算だったと、決まったわけではないはずです」

「では、なんで彼女はエイワース商会を立ち上げたと思う？」

サイラスは自分の悲嘆を押し隠すように、淡々と続ける。

「結婚と同時に彼女は、エイワース商会を立ち上げると言いだした。おかしいと思うべきだった。あのとき、なぜ名前をエイワース商会としたのか。わたしの姓であり夫婦の姓である、オルコットを商会の名にしても良かったのに、彼女は旧姓のエイワースにこだわった」

「理由は、訊きましたか？」

「わたしの土地を取り上げたときと、同じような理由を口にしていた。オルコット商会だと、わたしが画家として活躍するのに邪魔になる。商人の片手間の道楽だと思われたら、誰も画家としてあつかってくれなくなると」

「それは本当に、画家としてのサイラスさんの将来を慮って」

「そうかな？　彼女はわたしに、商売には一切口を出す必要はないと言った。わたしはただ画を描き、芸術で大成するのに力を注ぐべきだと。才能を認めてくれている彼女の思いやりだと、そのときは思ってしまった。今までも、そう信じていた。だが考えてみれば、わたしのためと誤魔化しながら、何もかも奪い取る行為だ」

二の句が継げなくなった。

（スカーレットは、サイラスさんを愛しているはず）

そう思うのだが、ではなぜ彼女は結婚と同時に、ここまで徹底してサイラスから何もかも剝ぎ取るような真似をしたのだろうか。

スカーレットの行為になんらかの意図がなかったとは、思えない――。

「全部、彼女に奪われたんだな、わたしは。だが……あの砂糖林檎の森だけは取り戻したい。オルコット家が折々の節目に、毎年そこで収穫した砂糖林檎でマーキュリー工房本工房に砂糖菓子を作ってもらうのが慣例になってた、思い出の土地なんだ。わたしは幼い頃、マーキュリー工房本工房の連中が収穫に来るのを、毎年手伝ったんだよ。あの森だけでも」

湿った足音が幾つも、こちらに向かってくる。アンとシャル、サイラスが音の方へ視線をむけるのと同時に扉が開き、ジェインが強ばった顔を見せた。

「サイラス。スカーレットの屋敷から、お嬢さんたちにお迎えが」

怯えたような細い声で言った彼女が背後を気にして、ぎくりと身を縮こまらせて、出入り口の端に身を寄せた。

「おはよう、サイラス。わたしの銀砂糖師を迎えに来たわ」

戸口に立ったのは、サイラス。薄暗い曇天の朝でも鮮やかな赤毛が美しく見える、スカーレットだった。

六章　ねじれる夜

遠慮なく家の中に入ってきたスカーレットに、椅子から立ちあがったサイラスは、彼らしからぬ怒りの目を向けていた。心にあふれたものを、抑えきれないような色だ。

「スカーレット。君が来るなんて」

戸口で小さくなっているジェインと、困惑顔でサイラスを見やる。彼の表情と声音に、いつもと違うものを感じたのだろう。スカーレットの顔にも、一瞬だけ怯んだ色が浮かぶが——すぐに相手の怒りを撥ね返すようにきつい目をした。

「外に、フィンリーもいるわよ。さすがに銀砂糖子爵の代理で来ている銀砂糖師を、使用人任せにはできないでしょう？　アン、傷は痛む？」

ベッドの上で、アンは頭をさげる。

「少し痛みますけど大丈夫です。ありがとうございます、わたしたちを守ってくれて」

アンが頭を下げると、シャルは立ちあがった。

「俺からも礼を言う。感謝している」

「改まって、礼を言われるほどのことじゃないわ。わたしが欲しい砂糖菓子のためだからね。

森の外に馬車を待たせてあるわ。あなたの妻を馬車へ運んでちょうだい」

「待ってくれ、スカーレット」

　シャルがアンをベッドから抱え上げようとしたとき、サイラスが意を決したように強い声を発した。無言でふり返ったスカーレットの威圧感に怯む気配があったが、それでも彼は決然と口にした。

「砂糖林檎の森を返してくれ。その他のものは、全部あきらめる。あの森だけは返してくれ」

　呆れたようにスカーレットは首をすくめ、シャルを促す。

「行きましょう。お二人さん」

　サイラスの方をちらりと気にしたシャルだったが、それでもアンを抱え上げた。

「返してくれ！」

　歩き出したシャルに続き、スカーレットもきびすを返したが、その背中にサイラスが鋭く言う。その声に、今しも扉を出ようとしていたスカーレットが立ち止まり、つられたのかシャルも足を止めてふり返った。

「エイワース商会を興すときに、財産は全て商会名義にすると、あなたは納得して書類にサインもして州公に届け出ているのよ？　商会の代表はわたしだけど、代表の夫であったあなたにも同等の権利があった。そういう取り決めの文言も、書類にあったわ。けれどあなたは、わたしの夫であることをやめた。この人を選んだのでしょう？」

スカーレットが、縮こまっているジェインに一瞥をくれる。

「エイワース商会の代表の伴侶という立場を手放したのは、あなた。それが惜しいなら、立場を捨てなければ良かった」

「それは財産をたてに、永久にわたしをしばりつけ、自由を奪うと言っているのに等しい」

「等しいのじゃない。そう言ってるのよ。この人か財産か、選べばいいってね。もし財産が欲しいならこの人と別れて、わたしともう一度結婚すればいいのよ」

言い放ったスカーレットに、ジェインが怯えたように顔をあげた。恐ろしいもののようにスカーレットを見つめるが、彼女はそれを強い視線で撥ね返す。

「君には、愛する人がいないのか!? それでいいのか。わたしを愛したことなどなかったくせに、なぜ、もう一度なんて言えるんだ、君は！」

怒気をはらんだサイラスの言葉に、スカーレットは痛みをこらえるように顔をしかめた。

「おあいにく様。わたしには愛する人なんていないし、これからもいないわ、きっとね」

（そんな、それは嘘）

アンはシャルの胸から顔をあげ、思わずスカーレットを見た。

「君って人は」

呻くサイラスに、スカーレットはわざとのように目を細める。

「なに？ 言いたいことがあれば、言ったらいい。真実、生涯をともにしたい人が見つかったからと、十五年以上連れ添った妻と別れた人が、何か言えるならね」

「連れ添ったと言えるのか!? 君は、仕事ばかりで。そしてわたしを傷つけ続けたのに」

「事実、あなたはずっとわたしの夫だった」

強く言い切って、ぐいと顎をあげる。

「さあ、早く行って。銀砂糖師を馬車に乗せなくちゃ、傷に障る」

厭わしげにスカーレットを見やったシャルだったが、促されて歩き出す。呆然と立ち尽くすジェインの横をすり抜けた。

細かい雨が降り続いており、朝だというのに木々は濡れ、薄暗い。シャルの肩越しに見える家の戸口に、顔を覆うジェインと、馳せよって彼女の肩を抱くサイラスの姿があった。

「あの男に、未練があるのか？ それともあの男が嫌いなのか？」

背中越しに、シャルがスカーレットに問う。

「両方よ。自分でも、残念なことにね」

と、続いたスカーレットの答えに、どきりとした。

感情の窺えない平淡な声だったが、彼女は確かに両方と言ったのだ。

（両方？ ……両方って言ったの、今。スカーレットは）

降りかかる細かい雨を頬に受け、しっとり濡れ続けながら馬車に向かう道すがら、ようやくアンは確信した。雨粒がドレスにしみこむように、じわじわと。

（最初から、今も。打算なんかじゃなく、スカーレットはサイラスさんを愛している。だけど裏切られたから、憎いんだ。愛しいけど、とても憎い）

だとしたら、スカーレットがエマの砂糖菓子を望んだ理由は――。

「わたしは、砂糖菓子を作らなくちゃいけないのに……作り方が、わからない」

無意識に口にすると、シャルが優しい声で問う。

「痛むのか？　傷が。仕事は、傷が癒えてからしろ」

「違う。怪我のことじゃない。……わたしは砂糖菓子を作るために、必要なものが見えない」

「作品を再現できれば、いいはずだ。おまえは花の画を見た。再現できる」

「再現するだけじゃ、だめなの。今、気づいちゃった。今……ようやく」

アンが交渉のために作る砂糖菓子は、エマの作品を再現するだけのもので、もとの形さえ完璧に再現できれば、それで満足してもらえるはずだと思っていたが――それでは、スカーレットが本当に望む砂糖菓子は再現できない。

それは銀砂糖師としての、確信だった。

「この、馬鹿馬鹿馬鹿！　シャル・フェン・シャルの大馬鹿！」

スカーレットの屋敷の客室にシャルに抱えられて戻ったアンを見て、ミスリルは驚き焦り、アンの容体を気にして半べそになった。しかし手当も終わっているし、さほどの怪我ではないと請け合うとようやく安心したらしかった。

そして次には、なぜこんなことになったのかと追及が始まり——事の顚末をアンとシャルがかいつまんで説明すると、ミスリルは真っ赤になって怒り出し、シャルの髪の毛に取りついて、めちゃくちゃに引っ張り回した。

「なんであんなへにゃへにゃした、弱っちい妖精にやられてんだ、馬鹿！　アンに怪我までさせて。おまえの取り柄は強いってだけなのに、それがなくなったら、ただの穀潰しだぞ」

「穀潰しの代表に言われたくないが、確かに、アンに怪我をさせた責任は俺にある」

「そうだ、そうだ！　反省して償え」

シャルの肩に着地したミスリルは、偉そうに腰に手を当ててふんぞり返る。

「ミスリル・リッド・ポッド。シャルはわたしのために、あの妖精を追ってくれたわけだし。結局、大事には至らなかったし」

ヘッドボードにもたれかかり、クッションを背中に幾つも押し当ててベッドに座っていたアンは、心底悔しそうにしながらも反論できないシャルを気にしながら、ミスリルを宥めた。しかしミスリルは、びしっとアンを指さす。

「甘い！　アンがそんなに甘やかすから、こいつは向こう見ずな真似をするんだ。反省させるために償いを要求するぞ、俺様は」

「償うためには、どうすればいいと？」

ミスリルになじられて腹は立っているだろうが、シャルも、自分の行動に後悔するところがあるらしい。問われたミスリルは、ぱぁっと嬉しそうに目を輝かせたと思うと、シャルの肩の上でもじもじと身をよじる。

「どうすりゃいいかって、そりゃ、おまえ。俺様の目の前でアンに、『悪かったな』とか言って見せるんだ。しかもそれだけじゃ駄目だぞ。それから手を握ってキスをして、それから、それから、うひゃひゃひゃひゃひゃ……」

何を想像しているのか妙な声を出して笑うので、アンは赤面し、同時にシャルは我慢の限界に達したらしく、ミスリルをわしづかみにしてベッドに投げつけた。ギャッと悲鳴をあげ、ふかふかの寝具の上に転がったミスリルは、がばっと起き上がって拳を振りあげた。

「おまえ、償う気ゼロだろう！」

「おまえこそ、償わせる気はないな!?」

「二人とも、償うとか償わないとか、いいから。無事にこうやって三人でいられたら、わたしは何があっても、何がなくても、ぜんぜんいいの」

アンが微笑むと、ミスリルは眉尻をさげてアンの膝に這い上ってくる。

「うん。まあ……。俺様ずっとこの部屋で、アンとシャル・フェン・シャルがどうなったか、心配して待ってたから。二人が無事なら、言うことないんだよな」

「心配かけてごめんね、ミスリル・リッド・ポッド。ありがとう、待っててくれて」

差し出した両手に乗ったミスリルは、そこにあぐらをかき、腕組みして考え込む。

「それにしても、ギルバート・ハルフォードって何者なんだ？　シャル・フェン・シャルに妙な術をかけた妖精は、ギルバートに使役されているんだろう？　その妖精が街道の食堂で落ち合っていた人間が、ギルバートじゃないのか？」

「ギルバートの可能性は高い。だが奴がギルバートならば、なぜエマに会いに来なかった」

当然だが、シャルの表情も険しい。

「ねぇ。ギルバートが何者かわからないし、その目的もわからない。でも、もう、近づかなければいいんじゃない？」

二人の会話に、アンはやんわり割り込んだ。二人の視線を受け、微笑む。

「こっちから探ろうとしたから、あの妖精はシャルにおかしな術をかけたんでしょう？　探ろうとしなければ、意味ありげな手紙をよこしてくるだけ。積極的に害を与えようとしているようには、思えない。だったら早く仕事を終わらせて、わたしたちの家に帰って彼らから離れてしまえば、もうそれで終わりじゃないかな」

「終わりになる可能性もある。だが気にならないのか？　ギルバートはおまえの父かもしれないし、父や母と関わりある者かもしれない」

シャルの問いに、アンは頷く。

「気にならない。パパかもしれないし、パパじゃないかもしれない。けれど、今のわたしには関係ないこと。わたしの家族は今、シャルとミスリル・リッド・ポッドで、二人が大切。死んだママも勿論大切な家族だけど、ママとの思い出はたくさんあるから、充分。過去のママがどうとか、欲張って知ろうと思わない。パパのことだって顔も知らないから、パパはいたんだってことだけで、わたしには充分」

強がっているわけでも、気遣っているわけでもなく、アンは心からそう思うのだ。

「なにかがあれば、そのときに対処した方がいい。それよりも、わたしはやらなくちゃならないことがあるし。……もう、昨夜みたいなことになってほしくないし」

沈黙したシャルだったが、ふっと息をつく。

「わかった。俺の妻の、望みのままに」

両手を振り、場の空気を散らしたアンは明るい声で言う。

「じゃ、ギルバートのことは、忘れようね！　おしまい！　それより、わたしは、スカーレットのための砂糖菓子を作らなくちゃ」

ミスリルが渋い顔になる。

「本人も、何が違うかわかんないって言う砂糖菓子の再現だろう？　そんなことできるのか」

「うん。それなのよね」

アンは自分の手に視線を落とした。この手に託された願いは——と思う。

エマの砂糖菓子を蘇らせたいのは、商売のためだとスカーレットは言ったが。きっとそれは嘘ではない。しかしそれ以上に求めているもの——サイラスと結婚した、そのときの幸福。

(取り戻したいんだ、失ったものを)

最も幸福だったときの砂糖菓子を蘇らせて、最も幸福だったときを取り戻したいのだ。

商売のために砂糖菓子が欲しいと言いながらも、エマの砂糖菓子のみを蘇らせることに執着したのは、そのためなのだ。あの砂糖菓子でなければならない理由は、それだったのだ。

しかし——。

(失ったものはきっと、取り戻せない)

サイラスには既に妻があり、スカーレットとサイラスの仲は、これ以上ないほどにこじれている。砂糖菓子には幸福を呼ぶ力があるが、失ったものをそっくりそのまま取り戻すような魔法ではない。

スカーレットはそれも知っているだろう。

だが、それでもと、すがる気持ちで砂糖菓子を蘇らせようとしている。

そんな悲壮な思いで目にする砂糖菓子は、十七年前と寸分違わぬできばえでも、同じには見えないだろう。そのときに彼女が砂糖菓子に見ていた幸福や輝きは失われているのだから、同じ砂糖菓子でも、まったく違うもののように見えるはず。

(わたしが、ママの砂糖菓子をどんなに忠実に再現し、蘇らせても、けっしてスカーレットは

同じだと認めない）

それを確信した。

認められなければ、砂糖林檎は手に入らない。諦めるのは嫌だった。しかし、それよりも、なによりも、スカーレットが望むものを、見せてあげたかった。

（スカーレットは、シャルを助けてくれた。知らぬふりして殺させて、誤魔化せば、彼は失踪したってことにもできた。わたしが嘆き悲しむのを、ただ眺めていることもできた。でも、それをしなかった）

愛に傷つきながら、アンの愛が失われるのを防いでくれた。

手から視線を天井に移し、考える。

蘇らせろと言われているそのものを忠実に再現しても、けっして認めてもらえない。しかし求められているのは、忠実に再現すること――これは、不可能なことを要求されている。

「スカーレットが望む砂糖菓子を作るのは、不可能なことなんだ」

呟き、唇を噛む。

「でも……、でも。作って、見せてあげたい。何か方法があるはず」

部屋の中央にあるテーブルに置かれた、崩れかけの砂糖菓子に目を向けた。

雨が止んだらしく、窓からうっすらと日が射していた。

（どうすればいい？）

考え込んだアンの表情に、ミスリルが顔をしかめた。

「おいおい、アン。まさか今から、砂糖菓子を作るなんて言い出さないよな。やめとけよ。今動いたら傷口から血がぴゅーぴゅー噴き出したりするぞ」

見透かされていることに、照れ笑いする。

「さすがに今日は、やめておく。でも今日一日と一晩休んだら、明日から銀砂糖に触る」

アンが怪我をしたことは銀砂糖子爵に知らせておくとスカーレットは請け合ってくれたし、傷が良くなるまでゆっくり休んでから、砂糖菓子を作り始めればいいとも言ってくれた。

だからといって、悠長に寝ているつもりはない。気持ちがそわそわしてしまう。

多少の無理をしても砂糖菓子作りは始めるつもりだったが、さすがに今日一日と今夜は、無理そうだった。

明日になれば、状態は良くなるだろう。

シャルとミスリルは顔を見合わせ、呆れたような顔をした。

「好きなようにすればいい。だが作業を始めて具合が悪くなったら、すぐにベッドに押し込むぞ。とりあえず、横になれ」

厳しい声で言いながらもベッドに近寄ってきたシャルは、声とは裏腹のいたわりにみちた動作でアンの肩を抱き、背中からクッションを外して、寝かせてくれた。

横になり、深い息をついて目を閉じた。傷のせいで微熱があるために、体はだるい。横になると、傷がずきずき熱をもって痛んでいるのを、余計に意識してしまう。

ただ我慢できない痛みではない。医者からもらったという炎症を抑える薬と痛みを抑える薬を、ついさっき飲んだから、きっと良くなってくれるはずだ。

明日になれば元気になれる。きっと仕事ができる。

自分の体に言い聞かせながら、うとうとし始めていた。

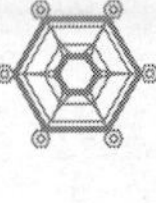

薬のせいなのか、アンは一日中ベッドの中で眠っていた。
昼食と夕食は、シャルがベッドに運んだ。どちらも山羊のミルクで煮た、乾燥果物をいれた粥。それがアンの好物なので、ミスリルがフィンリーに要求して用意してもらったのだ。うとうと眠っている合間に揺り起こし、食べるようにすすめると、アンはぼんやりしながらそれを口に運び、半分ほど食べた。食後に、小さなグラスに一杯、苦そうな香りのする薬を飲む。まずそうな顔で薬を飲み込んだ彼女は、「眠い」と言って、また横になった。
ミスリルは昨夜、心配のために一睡もしていなかったらしく、アンの足もとあたりに丸まって、気持ちよさそうに眠り込んでいる。
アンの寝息は健やかだったが、額や首に、ひどく汗をかいている。シャルは冷水で湿らせ絞った布で、アンの額や首を拭った。何度かそれを繰り返していると、アンは目を開いた。

「ありがとう……シャル」

夢うつつのように言って微笑するので、汗で湿った額の髪をかきあげてやりながら、「眠れ」と囁いた。アンは安心したように頷き、また眠り始めた。

ベッドの端に腰かけ、寝顔を見おろす。

(ギルバート・ハルフォードの影を追ったために、こんな目に遭わせてしまった)

自分の失態への深い後悔があった。

経験のない記憶の混乱に陥ったのは、なぜなのだろうか。あの金の妖精に触れた瞬間に、何かがあった。とすると、それはあの妖精の能力なのだ。

そうだとするとあの妖精は、かなり危険な存在なのかもしれない。

(それを放置しておけば、不安だ。だが手を出すのも危うい)

アンの望むように、ギルバートには手を出さず、すり抜けるべきなのかもしれない。確かに今、実害はないのだから。

しかし——。スカーレットや銀砂糖子爵まで利用してエマを捜し出そうとした。それには、異様な執着を感じる。

執着のわりには近寄ってこようとしない、その不気味さ。

(とはいえ、やはり、手は出さずにいる方が賢明だ。彼らが動き出すまで)

もし動き出したら、とてつもなく厄介なことになりそうだ。それを考えると、ちりちりと羽の先が痺れるような緊張を覚える。

妻と、うるさい小さな同居人とで過ごす、あの小さな家での幸福を奪おうとする者を、シャルは許さない。慈悲もなく、徹底的に、消すだろう。

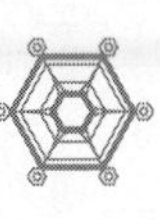

深く深く眠っていたらしい。

唐突に目覚めたとき、自分がどこに寝ているのかすら一瞬わからなかった。

ベッドの中で身じろぎすると、腰の傷が少し痛み、それによって状況を思い出す。

真夜中らしいが、月明かりがあるのだろう。アンの頭が乗っている大きな枕には、ミスリルが大の字になって気持ちよさそうに眠っている姿が見えた。

嫌にぱっちり目が覚めてしまったので、試しにそろそろと体を起こしてみると、傷の痛みや熱をもった感覚が随分和らいでいた。

「痛まないのか？」

声の方を見やると、月明かりが射し夜風が吹き込む窓枠に、シャルが腰をかけていた。月明かりを受けて、彼の羽は青白い穏やかな輝きをまとっていた。

「うん。あまり痛まない」

ベッドから下り、シャルの方へ歩いてみた。眠りすぎたためか足もとはぐらつく感があったが、傷の痛みはさほどではない。歩調を速めてシャルの傍らに立つと、自信がわいてきた。

「大丈夫みたい。仕事、できそう」

「安心した。にしても、起き出して最初に言うことが、それか。いつも仕事ばかりだな」

苦笑交じりに言うと、シャルはアンの背に手を回し、自分の方へと引き寄せる。夏用の薄手の寝間着を素肌に着ているだけなので、直接肌に触れられたような気がして、どぎまぎする。

「でも仕事以外に、わたし、やりたいと思うことがなくて」

「夫と過ごすのは?」

問われ、慌てた。

「それはもちろんシャルと、ミスリル・リッド・ポッドと一緒に過ごしたい。でもそれは生活だから、仕事とはちょっと違うような……。でも、ないがしろにしてるつもりは、なくて」

「わかってる」

焦ったアンをからかうように囁き、背に回した手を首筋へと移動させ、立ちあがるとさらにアンを引き寄せて、顔を近づけ、唇の触れる近さで言う。

「ただ、ミスリル・リッド・ポッドと俺を同列に言ったな?　それは許さない。俺は夫だ」

シャルが口づける。アンは目を閉じて応じながら、愛し合っていられる幸福感に浸りかけた。

そのとき。

階下からガラスが砕ける音が響く。はっとして唇を離す。

さらにガラスの砕ける音が二度。幾人か、玄関ホールあたりへ駆けつける気配がした。

玄関の扉が開かれ、人が外へ飛び出していく音が続く。

「見てくる。おとなしくしていろ」

シャルは部屋から出て行った。階段を下りた彼が、誰かと低い声で話しているのが聞こえていたが、その会話の相手とともに玄関を出たようだ。会話の相手はフィンリーかもしれない。

怪我人の自分が顔を出しても邪魔になるだけだろうが、落ち着かない。せめてガラスの割れる音がした階下の様子を確認しようと、部屋を出て階段の上からホールを見おろす。

扉が半分開かれ、月明かりが床に落ちていた。玄関脇の窓にはめこまれたガラスが二枚、内側に向けて砕け散っていた。床に散らばって、月光を受けてきらきら光るガラス片に交じって拳大の石が転がっている。

何者かが石を投げ込んだのだ。フィンリーを筆頭に、屋敷の使用人たちは、石を投げ込んだ犯人を捕まえようと飛び出していったのだ。シャルもそれに加わったのだろう。

「誰が、こんなこと」

呟いたとき、開いている玄関に細い人影が現れた。その人は戸口で周囲を見回し、ロビーの内部に人の気配がないことを確認すると、月光を背に受けてロビーに踏み込んできた。

見覚えのある女性だった。

「ジェインさん?」

彼女はぎょっと足を止め、こちらを見上げた。そこにアンがいるのに、気づいていなかったらしい。純朴で気弱そうな顔に、ひどく緊張した表情を貼り付けている。そして胸の前に、細長い小さな布の包みを握りしめていた。

「どうしたんですか、こんな夜中に。しかも、ここは」

この屋敷に、ジェインがやってくる理由は思い当たらない。しかもこの時間だ。不審すぎる。

まさかと、砕けたガラス片とジェインを見比べた。

(もしそうだとしたら、人を呼ばなくちゃ)

じりっと、アンが手すりから一歩足を引いたその瞬間。

ジェインが突然、思いも寄らない素早さで走った。

(まずい!)

身を翻し、部屋に逃げ込もうとしたが、慌てたために体が壁にぶつかり、腰の傷に激しい痛みが走った。一瞬足が止まった。

ジェインはホールを横切り、階段を駆けあがる。胸に抱えていた包みの布を階段のステップに捨て、包み隠してあったものを右手に握っていた。薄闇に鈍く光るのは、小型のナイフ。

足が止まったアンの背後まで来ると、彼女はナイフの刃をアンの首に突きつけた。

「静かにして。動かないで」

おそるおそる、アンはふり返る。

「ジェインさん。どうして？　なにをしているんですか」

「スカーレットの部屋はどこ？」

「それを聞いてどうするんですか」

柄を握る手に力を込め、ジェインは繰り返す。

「教えて」

思い詰めた彼女の瞳に、恐ろしい決意があるのが見て取れた。

「やめてください」

「教えて」

ジェインが繰り返したそのとき、扉が開く音がした。

ぞっとして音の方をふり返ると、廊下の最奥の扉からランプの灯りが漏れており、それに照らされ、ガウンを羽織ったスカーレットの姿があった。

「そこにいるのは誰？　何かあったの？」

彼女の立つ場の光が明るすぎて、こちらの様子がよくわからないらしい。

首に刃を当てられたまま、アンはつばを呑む。それだけで刃に触れたらしく、ちくりと、首の皮膚に刺激があった。よく研がれている。

スカーレットが訝しげな顔で、こちらに向かってくる。

ジェインが全身を緊張させ、飛び出す態勢を整えたのが背後の気配でわかった。

「スカーレット！　逃げて！」

アンが叫ぶのと、その叫んだ背中をジェインに突き飛ばされるのとが、同時だった。アンを突き飛ばしたジェインは、その反動を利用するようにして、スカーレットに向かって走った。

床に倒れた衝撃で、傷に痛みが走る。それでも歯を食いしばり、跳ね起きた。

「逃げて！　誰か来て！　助けて、シャル！」

突進してくるジェインに、スカーレットはわずかにすくんだらしいが、アンの声に弾かれ、身を翻し、自分の部屋へ向けて走る。ジェインは、スカーレットの背に追いつこうとしていた。

アンも走った。

自室に逃げ込み、スカーレットは扉を閉めようとした。そこにジェインが追いつき、ナイフを振り上げる。柄を握るジェインの手首を、スカーレットが掴む。ジェインも渾身の力で押す。

アンが駆けつけたのと、二人が揉み合って部屋の中央までじりじり移動し、床に倒れたのが同時だった。馬乗りになったジェインの手首を、スカーレットはまだ握っていた。それで刃を止めているが、体勢が悪い。刃がスカーレットに近づく。

「誰か来て！」

今一度助けを呼んでから、アンは二人に駆け寄った。

「やめて、お願い！　……お願いっ」

跪き、ナイフを握るジェインの腕を両手で握る。しかし傷の痛みと体勢の悪さで、思うように力が入らない。スカーレットも顔を歪め押し返そうとするが、刃は徐々に沈んでいく。

（もう駄目だ！）

そう思ったとき、階段を駆けあがってくる足音を聞いた。

「助けて！」

叫んだ直後、シャルとフィンリーが部屋に飛び込んできた。フィンリーが背後からジェインを羽交い締めにしてスカーレットから引き離し、シャルがその手からナイフをもぎ取る。

アンは脱力して床に手を突く。緊張と、力をこめすぎたために全身が汗みずくで、傷が痛みを発していた。

「怪我はないか、二人とも」

傍らに跪くと、シャルはアンの肩を抱く。

「大丈夫。ありがとう、シャル……来てくれて」

涙が溢れてきた。恐ろしさの余韻と安堵のために、今更指先が震えだす。

スカーレットはシャルの問いに「ええ」と応じただけで、ぐったりと床に横たわっていた。

暫くしてようやく起き上がり、大きな息をつくと、乱れた赤毛に手をやる。

「ジェインさんは……」

震え声で呟きながら、アンは背後に視線を向けた。

部屋の出入り口あたりに、後ろ手にフィンリーに捕らえられたジェインが、力なく俯き、跪いている姿が目に入る。ぽつりぽつりと、床に涙の雫が落ちていた。声もなく泣いていた。

「なんて馬鹿な人なの、あなた」

スカーレットがため息交じりに、ガウンの裾をなおしながら立ちあがった。

「わたしを殺して、なんの得があるっていうの、あなたに」

ジェインの目の前に立ったスカーレットは、呆れが交じった声音で言う。

俯いて動かなかったジェインが、震えながら、顔をあげた。乱れた髪が、流れた涙で頬に貼りついている。真っ赤な目から涙は次々流れていた。彼女は睨めつけるのでもなく、許しを乞うでもなく、卑屈な様子でもなく、ただ、じっと燃えるような赤毛の女を見る。

「……あなたから、サイラスを守りたい。わたしには力も財産もない。力も財産もあるあなたからサイラスを守るためには、あなたを殺すほかにない……」

「守る？　おかしなこと言うのね。わたしはサイラスに危害を加えたりしないわ。今も、昔も」

「あの人の心を、あなたは傷つけ続けた。今も傷つけようとしている」

冷えた光が、スカーレットの目に宿る。答えた声は低く、怒りを押し殺していた。

「傷つけたですって？　わたしはあの人のためになることばかり、いつも考えていたのよ。画家としてあの人に成功して欲しくて、彼が働かなくてすむように、わたしが稼いだのよ。れっきとした画家として世間で評価されるように、彼と商売を切り離すために商会の名前だって、わたしの旧姓を使った。画を描く以外の一切の雑事を、彼に近づかせなかったわ。わたしは彼を傷つけるどころか、守り続けた」

「それが彼を苦しめ続けたのよ。自分は、あなたに養われているだけの役立たずだって、わたしと出会った頃の彼は、よくそう言ってた」

スカーレットが、鼻で笑う。

「それは贅沢ね。贅沢な悩みを彼が抱いたからって、わたしが彼を傷つけたなんて言うの？」

「知ってるんです、わたし。あなたがしたこと。サイラスから、聞いた」

ジェインの細い掠れ声に、スカーレットの瞳が揺らぐ。

「サイラスは画家として、有名じゃない。でも年に一度、必ず画を買ってくれるお客様がいましたよね。あなたと結婚してから毎年、画を買ってくれるお客様。その人がいてくれる限りは、自分はその人にとっては価値のある画家だって、彼は嬉しそうに言ってました。でも」

眉根を寄せ、スカーレットがジェインから視線をそらした。

「でも、毎年画を買っていたのは、あなた。人に命じて買わせてた」

ジェインの言葉を肯定するかのように、スカーレットは無言だ。

はっとした。砂糖菓子を再現するためにアンの部屋に届けられた、サイラスの夢の花の画。あれは彼の夢の花なのだから、彼が描いたに違いない。それがこの屋敷にあるのは、彼が別れのときに、その画だけを残していったからだろうか？

それとも――年に一度、スカーレットが客を装って買い続けていた画の一枚なのだろうか？

砂糖菓子が保管されていた地下室には、何枚もキャンバスが立てかけられていた。もしかするとあれらは、サイラスの画なのではないか。

（名前を伏せて、夫であるサイラスさんの画を買ってた？ それを彼は、とても喜んで……）

アンにも身に覚えがある。自分の技術や作品に自信がないとき、それを認めてくれる人の存在がどれほど嬉しいか。それが身内であれば「身びいき」と思えて、苦笑いで流してしまうだけだろう。だがもし、定期的に自分の作品を求めてくれる顧客がいたとしたら、それは自信に繋がるし、なによりも嬉しい。

そのたった一人の客の存在が、めげそうになる心を、支えてくれるかもしれない。

しかし――それが嘘だったら？

仮にもし、シャルやミスリルがそんなことをしていたら、アンは何を思うだろう。シャルやミスリルの思いやりに感謝する部分も、もちろんある。しかし二人がそうせざるを得なかった自分の実力や技量のなさに、打ちのめされもするだろう。

（スカーレットは、それをしてしまった。サイラスさんは傷ついて）

優しさからだとわかっていても、傷つく。

だから彼はスカーレットを信じていると口にしながらも、彼女と別れた。彼女にそうさせてしまった自分が情けなくて、彼女といることが苦痛になり、苦しくなって。

ただ、今の彼は——信じていたスカーレットの愛すら、打算と思ってしまっている。おそらく今まで以上に、彼は苦しいはずだ。

「サイラスは傷ついた。今も、自分の価値に苦しんでる。そんな彼をあなたは、もう一度自分のもとへ引き戻そうとしてる。財産をたてにして、彼を自分のもとへ連れ戻して、しばりつけて、誇りを根こそぎ奪おうとしている。昨日あなたは、サイラスに言った。わたしか財産か選べって。卑劣だわ。彼のものだった財産を返して欲しければ、またあなたのもとに戻って、尊厳を捨てろって言ったのよ。わかってないかもしれないけど、あなたは人を買おうとしたの！」

シャルが昨日のことを思い出したのか、眉をひそめた。

昨日、サイラスの家にやってきたスカーレットは、財産が惜しければジェインと別れ、自分ともう一度結婚しろと言ったのだ。サイラスが土地にこだわりがあり、それを自分の手元に取り戻したいと願っているのを知っていてそう告げるのは、人を金で買う行為に等しい。

売り買いされた経験のある妖精のシャルにとっては、不快だったはずだ。

そしてその不快な言葉が、今、スカーレットに跳ね返っている。ジェインはシャルと同様に、人を買うような言動に怒り、そして愛する夫を守ろうと決意して、刃を手にここに来た。

ジェインにそこまで怒りを覚えさせ、そしてスカーレットを殺してでも夫を守ろうとさせたものは、なんだろうか。ことによると彼女も、妖精たちと似た経験をしたのかもしれない。

だから――。

唇を噛んだ後、全身に力をこめて、スカーレットはジェインを睨めつけた。

「わたしのなにがわかるの、あなたに！」

「あなたのことなんか、わからない！　でも彼が傷ついているのはわかるから、守るの！」

はじめて、ジェインが高い声を出した。スカーレットの顔に怒りがみなぎった。

「殺してやりたいわ、あなたを。殺人未遂で州公に突き出してあげる」

「そうしていいわ。わたしの人生なんて、サイラスに会えなければ価値なんてなかった」

瞬きも忘れ、息を詰め、アンは二人を見つめていた。

二人の女性はそれぞれに、サイラスを深く愛している――。

その事実が、乱暴なほどに強くアンの気持ちを揺さぶる。

ジェインの腕に見える傷と、小指の先が欠けた右手を見つめた。この傷を負った彼女の人生を思い、息苦しくなる――想像するのにも苦痛を覚える彼女の人生に、サイラスは大きな価値がある存在なのだと、ジェインの声音から知れた。サイラスの名を口にするときだけ、彼女の声に哀しみに似た愛しさのようなものが混じる。

スカーレットが過去にサイラスにしたことも、彼を傷つけるためではない。ただスカーレットは、夫となる人を彼女なりに大切にして、励ましたいばかりに、したことなのだろう。

愛情が溢れ、ぶつかり、入り乱れ、どうしようもないほどにねじれている。

(ねじれてても、全て愛情なんだ。スカーレットも、ジェインさんも)

これが憎悪に変わろうとしている。憎悪から悲劇へと、そんなふうに変わっていくのを見たくなかった。誰の幸福にもならない。

ねじれが生まれる原因は幾つもあって、今更どうしようもない過去だ。けれど今、ねじれを解く方法は、一つしかない。それはあきらかだった。

その一つの方法の中心にいるのが、スカーレット。

アンは、スカーレットの思いをくみ、彼女の望むものを形にし、彼女に手渡さなければならない仕事を請け負っている。

だとしたら、アンは今何をするべきなのか。

「待って、スカーレット」

震えを抑え呼びかけると、アンは立ちあがろうとした。それを察して腰をあげたシャルの腕を支えにし、立ちあがる。

「スカーレット。この人を州公のところへ連れて行くべきでは、ないです。許されないことをした人だけれど、でも……償いは別の方法で」

「この女は、わたしを殺そうとしたのよ」

「でもサイラスさんは、この人を大切にしています。もし州公に突き出したら、この人が何をしたにしろ、彼は生涯あなたを憎み恨み続ける。それは、スカーレットが望むことでしょうか」

「殺されかけたのよ！　わたしは」

激高するスカーレットの声にびくりと身をすくめてしまったが、それでもアンは口を開く。

「わかってます。許されざる蛮行ですから、州公に突き出すのが正しい。けれど正しさをとれば、スカーレットはサイラスさんに恨まれる。この人がどんな悪いことをしたのだとしても」

「じゃあ、この人を密かに殺して、どこかへ埋めてしまいましょうか？　そうすればただの行方不明だわ。恨まれることもない」

フィンリーが焦り「スカーレット」と、たしなめるように声をかけた。埋めると言われたジェインは、無表情だ。ふてぶてしさはない。捕らえられ、覚悟を決めたがゆえに、感情が死んでしまったかのようだった。

シャルは注意深い目で、スカーレットとアンを見つめていた。彼女がアンに手でもあげようものなら、いつでも制止できる位置にいる。

冷え冷えしたスカーレットの声にぞっとしながらも、アンは頷く。そして答えた。

「ええ。どうぞ。スカーレットが、そうしたいなら」

七章　あなたの色

まっすぐ強く見据えると、スカーレットの瞳が、アンに気圧されたようにわずかに揺れた。

「いいのかしら？」

わずかな沈黙の後、スカーレットが問い返す。

「スカーレットが、それでいいなら」

淡々とアンは続ける。

（どうか、どうか。スカーレット！）

心の中で、アンは叫んでいる。

（スカーレットが砂糖菓子を手に入れて、満足して、そして——笑って欲しい。そのために今、ここで、間違った選択をしないで）

冷静にふるまいながら、必死だった。

「サイラスさんが嘆き、哀しんで、ジェインさんを捜し歩く姿を眺めて満足なら、そうしてください。そんなサイラスさんともう一度やり直そうと考えるなら、財産でも土地でも彼の目の前にちらつかせて、そうしてください。もしくはそんなサイラスさんのことを、綺麗さっぱりわすれて面白おかしく過ごせるなら、そうしてください」

並べ立てられる未来に、スカーレットが目を見開く。

「選ぶのはスカーレットです」

アンの姿を映すスカーレットの瞳には、怯えが浮かぶ。彼女はアンを恐れているのではなく、アンが語った自分の未来を恐れている。

(スカーレット。お願い)

二人の視線は絡み合い、動かない。

(間違わないで。あなたはまだサイラスさんを、愛しているのに。間違わないで)

スカーレットが自ら選ぶまで、けっして視線をそらすまいとアンは心に決め、拳を握った。

「選べって？」

「はい。あなたは何を望むか。それだけです」

「わたしが、何を？」

「ええ。あなた自身が――スカーレット」

ひりひりと、全身が痺れるような緊張感。

スカーレットが、口を開く。

「わたしは……」

乾いた唇が、微かに震える。

「……わたしは、」

　そのとき。

「スカーレット」

　部屋の出入り口から、使用人の女性が戸惑い顔で顔を覗かせた。彼女はその場の緊迫した空気と、捕らえられているジェインを見て、一層うろたえたような顔になる。

　言葉を発しかけたスカーレットは唇を噛み、声を呑みこみ、肩で大きく息をした。

「なに？」

　アンから視線をそらすことなく応じる。

「外に、サイラスさんが来ています」

　という使用人の言葉に、思わずだろう、スカーレットはふり返った。

「サイラスが？　なぜ」

「夜中に突然、奥様の姿が消えたと。もしやこちらに来てはいないかと」

　しばらくの沈黙の後、スカーレットは軽く目を閉じてため息のように一言言った。

「……そう」

短く答えて、また沈黙した。かなりの時間、彼女は微動だにせず口を閉ざしていた。

「あの、どういたしましょうか」

沈黙に耐えきれなくなったように、使用人が訊いた。

まるで呼吸が止まっていたかのように、スカーレットは苦しげに息を吐く。

「ここへ連れてきてちょうだい」

かしこまりましたと使用人が去ると、スカーレットの視線はフィンリーに移る。

「その人から手を放しなさい、フィンリー」

「しかしこの女は」

「いいから」

不満そうな表情ながら、フィンリーはジェインを摑んでいた手を放した。しかし彼女は床に跪いたまま動かない。

「スカーレット……」

アンが呼ぶと、彼女はこちらをふり向く。静かな表情で——しかし決然と答えた。

「選ぶわ」

階段をあがってくる足音がして、出入り口にサイラスが姿を見せた。妻を捜して走り回っていたのか、額に汗の玉が浮かび、息切れしている。跪くジェインを認めた彼は「ジェイン！」

と声をあげ、駆け寄って膝をつき、肩を抱いてその顔をのぞき込む。

「これは、いったい何があったんだ」

妻の肩を抱きながら、サイラスはスカーレット、アン、シャル、フィンリーと、順繰りに見回す。誰か答えて欲しいと訴える目に促され、アンが応じた。

「スカーレットに刃を向けました。殺そうと」

ああ、と、絶望したような声を出し、彼はジェインの肩に回した腕に力を込める。

「もしやと思っていたが。ジェイン、君は。馬鹿なことを」

叱るように強い口調で言った後、両腕でさらに強く抱きしめた。抱きしめられた彼女は、すすり泣きはじめる。何度も彼女の背を撫でながら、サイラスは早口で囁く。

「どうしてだい？　土地に未練があるからといって、わたしが君を捨てるとでも思ったのか？　そんなはずないだろう」

「違うわよ。その人は、あなたの誇りを守るために来たと言ったわ」

スカーレットは、吐き捨てる。

ふり返ったサイラスは、今にも泣き出しそうな顔をする。

「すまなかった、スカーレット。こんなことをさせてしまったのは、全てわたしが悪いんだ。わたしが祖先の土地にこだわったから。それでジェインを不安にさせてしまったんだ」

「本当に悪いと思ってるのかしら？　あなた」

「当然だ。本当に、申し訳ない。お詫びのしようもない」

「どうやって詫びるというの。口先だけの謝罪なんて簡単なこと、わたしは認めないわ」

「なんでもする。君が許してくれるなら、なんでも」

「じゃあ」

スカーレットは、厳かに告げた。

「砂糖林檎の森はきっぱり諦めて。二度と、取り戻したいなんて口にしないで。それから、二度と、二人の顔をわたしに見せないで」

「わかった。約束する。砂糖林檎の森は君のもの。そして君に、二度と会わない。約束する」

迷わず応じた。その潔さで、彼が今なにを一番大切にしているのかがわかった。

(土地よりも、財産よりも――)

その事実に、アンの胸は苦しくなる。

かつての自分の伴侶、しかも未だに相手への愛情を消せない人が、こだわっていた土地まで迷いなく手放せるほどに、別の女性を愛していると見せつけられたら――。

(泣き崩れるかもしれない、わたしなら)

スカーレットは口もとを歪め、歯を食いしばった。しかしすぐに鋭く命じた。

「出て行って。二人とも」

「本当に、すまなかった。スカーレット」

「お詫びなんか聞きたくないわ。鬱陶しい！　出て行って！」

泣きじゃくるジェインを抱え、サイラスは立ちあがった。スカーレットの怒りを恐れるように身を縮め、出て行く。

呆然とそれを見送ったフィンリーは、咎めるようにふり返った。

「二人を罰することなく、行かせて良かったのですか⁉　あなたを殺そうとした女を」

「そのかわりにサイラスは二度と、エイワース商会の土地や財産についてあれこれ言ってこられなくなるわ。問題が一つ解決したじゃない」

「しかし」

「フィンリー、割れた窓の後片付けをして。使用人たちも呼び戻して、終わりにしなさい」

納得しかねる表情ながらも、フィンリーは出て行く。

「あなたたち二人も、出て行って。もめ事続きで、騒がしくて、嫌になる。しかも、あんなお涙頂戴の謝罪を見せられて、たまったものじゃない」

こちらに背を向け、うんざりしたような声音でスカーレットが言う。

シャルが先に歩き出す。アンも彼と並んで部屋を出ようとしたが、気になってスカーレットをふり返り、足が止まった。足を止めたアンは、思わずシャルを見上げた。すると彼は目顔で促す。彼の配慮に頷き返し、きびすを返す。

「スカーレット！」

彼女に駆け寄った。シャルはそのまま出て行く。

アンはスカーレットの背後に立った。彼女は、ふり向かない。

ただ――しばしの沈黙の後。

「選んだわ」

静かに言った。

「スカーレット」

彼女の前に回り込み、瞳を見た。それは強気な色を宿しながらも、潤んでいる。

「スカーレット」

思わずアンは、背の高い彼女を抱きしめた。自分よりも随分年上で、背も高い彼女だったが、抱きしめて包み込んであげたかった。驚いたように彼女は体を硬直させたが、すぐに全身の力が抜け――膝から崩れるようにその場に座り込む。アンも一緒に膝を折り、床に膝立ちになると、スカーレットの頭を抱く。

「愛していたんですね。ずっと、今も」

囁くと、彼女はアンの腕の中で激しく首を横に振る。

「なにを言ってるの。憎いわ。憎い。吐き気がする。妻がありながら別の女に恋をして、妻を捨てた。許せないわ。許せると思うの？」

「許せません。きっと、憎むと思います」

もし仮にシャルがそんなことをしたらと、想像する。そんなことになったら、哀しいし、胸が引き裂かれるように痛むし、そして誓いを破ったと憎んでしまうかもしれない。

生涯の伴侶となる誓いは、重い。それを破った者は、憎むにたる。

「けれど――、考えたんです。もし」

アンは続けた。

「わたしが夫――シャルのために、善かれと思ってしていたことが彼の負担になっていて、それによって彼を傷つけ、哀しませ続けていたとしたら？　それで彼が、わたしの真心を疑っていたとしたら？　シャルが別の人と恋して、はじめてわたしは、自分がシャルにしていたことの意味に気づけるだろうって」

だがそのときにはもう、取り返しがつかない事態になっている。シャルの心は別の人に移っている。ふらふらと簡単に恋する、浮ついたところがないから、アンはシャルが好きなのだ。

その彼がアン以外の誰かに恋したとしたら、それは本気の恋だ。

「シャル自身は、何も変わらない。冷淡なようで思いやりがあるところや、強さや、微笑みや、立ち姿。けれどわたしに対する彼の感情だけが変わったからと、彼の存在を憎めるか、わかりません。彼の心が変わったのは、わたしが我知らず彼を傷つけたせいなのに。そう思うと、余計に。けれど彼の心を失ったのが哀しくて、憎しみは抱く。けれど憎みきれない」

スカーレットと同じことが、自分の身に起きたらと考えるだけで、胸が痛い。想像するだけで、泣き出しそうだ。

どれほど傷つけられようが、伴侶となる誓いをしたのだから、シャルはそれを受けいれ、心変わりなどせずにいるべきだった。心変わりしたシャルが悪い、と。そんなふうに彼を悪そのものの存在として心底憎むこともできるかもしれない。アンではない、別の誰かはそうするかもしれない。

ただそんなふうに考えるほど、アンは自分の愚かさを棚に上げられないだろう。

そしてきっと、スカーレットも。

もしスカーレットがサイラスをただひたすら憎んでいたら、十七年前の結婚祝いの砂糖菓子など真っ先に砕くはず。それを大切にしていたのは、その結婚が彼女にとって最良だったから。だから形が崩れても、色褪せても、壊せなかったのだ。

「憎むと思います。でも、憎んでも、彼への気持ちは消えないかもしれない」

腕の中で、スカーレットが呻く。彼女が顔を寄せたアンの胸が、温かいもので濡れる。

(この人は泣き声すら出さない)

スカーレットは強い人なのだ。

自分を裏切った夫を憎み、彼が砂糖林檎の森を取り戻したがっていても、鼻も引っかけずに常に追い払う。そうやって、憎しみだけを抱きたかったのかもしれない。

けれど心の底では、サイラスを取り戻したかったのだ。やり直したいと願ったのだ。しかし彼女は強いから、打ちのめされて哀しみに暮れ、夫に泣きすがったりはしない。なくした愛を取り戻せるならばと、無意識にすがったものが唯一――砂糖菓子。

商売のために砂糖菓子が欲しいというのは、彼女が自分の心についた嘘。本当は、十七年前に戻りたかったのだ。

だから同じ形を欲した。

時を巻き戻し、自分の愚かさを償い、愛を取り戻せるように願いを込めて、欲したのだ。

そんな自分を彼女は自覚していなかったかもしれないが、アンとシャルをサイラスのところへ迎えに来たあの朝。彼女は、サイラスとジェインが夫婦として過ごしている姿に心が乱れ、激高し、自覚していなかった思いが口を衝いて出たのだろう。

ジェインか財産か、選べと。

そんなことを口にした自分が彼女は「残念」だった。そしてそれを残念だと思えるほど、理性的であったのだ。

だからアンは、スカーレットに選んでもらったのだ。

自分の本当に望むものを、自ら。

そうすることで彼女は、目を背けていた自分の苦しみを見つめ――そして、最善を選んだ。

彼女はサイラスをまだ愛しいと思うからこそ、彼を諦めた。執着すればサイラスも自分も不幸になると理解したのだ。取り戻せないものが人生にはあるのだ、と。それを自分に言い聞かせ、自分の愛を手放した。

（選び、手放した、強いこの人に、最高の幸福をあげたい）

そう思った瞬間、胸に光が射すように気づく。

（選び、手放す？）

スカーレットが砂糖菓子に求めるものは、失った過去の幸福。

だが過去の幸福は、蘇らない。蘇らないけれど、それを求めている。

そうだとしたら、彼女が求めている幸福の枝葉をそぎ落とし、手放し、真ん中にあるものだけを選べばいい。それはほんの小さなかけらかもしれないが、綺麗に輝く。

（それがあれば、きっと。スカーレットは、同じだって言ってくれる）

母親ほども年上の女性を、心から慰め、いたわり、力になりたいと思った。いくつになっても人を思う気持ちは同じで、だからこそアンには、彼女の哀しみと苦しみと強さがわかった。

最良の伴侶があるからこそ、一層よくわかる。

アンもスカーレットと同じ轍を踏まないとは、言えないのだから。

（わたしは、スカーレットが求める砂糖菓子を――作れる）

胸に染みる涙だけが、熱い。スカーレットはアンに抱かれたまま、動かない。

窓の外の暗闇に、紺色の明るさが混じりはじめた。夜明けが近い。

背後に人の気配を感じてふり返ると、部屋の出入り口にフィンリーの姿があった。騒動の後始末が終わった報告に来たのだろうが、床に座り込む主人に戸惑い、声をかけられない様子だった。アンは目顔で、フィンリーにその場にいてくれと告げ、スカーレットに囁く。

「砂糖菓子を作ります。あなたが望むとおり、商売敵に勝てるような砂糖菓子を」

「……そうして頂戴。それがあなたの交渉ですもの」

答えたスカーレットの声に、既に湿り気はなかった。

スカーレットは、アンを優しく突き放すようにして、立ちあがった。見上げると、彼女の目は腫れぼったく赤かったが、傲然とこちらを見おろす。まるで今までのことが嘘のように、いつもの彼女だ。ただアンの寝間着の胸に染みたものだけが、空気に触れてひやりとした。

「わたしを満足させて、銀砂糖師。期待しているわ」

彼女は顎を引き、声を張る。

「フィンリー、報告をして！」

わずかに間があったものの、フィンリーはいつもの静かな態度で「はい」と応じ、踏み込んできた。スカーレットが仕事用の樫の机に向かう背中に、アンは膝を折り、部屋から出た。

(作ろう。砂糖菓子を)

窓の外はみるみる明るさを増していた。夜明けとともに闇を追い払う日の光が、アンの欲求を掻き立てる。

自分の部屋の扉を開くなり、アンは弾む声で呼んだ。

「シャル、ミスリル・リッド・ポッド！」

窓辺にいたシャルがふり返り、アンの声でようやく目覚めたらしいミスリルは、がばっとベッドの上に跳ね起き、目をこする。

「なんだ、なんだ？　アン。こんな朝っぱらに」

あまりにも早朝で申し訳なかったが、いても立ってもいられなかった。

「すぐに砂糖菓子を作りたいの！　やっと作るべきものがわかった」

「作るべきものって、決まってるじゃんか。十七年前の砂糖菓子だろう」

寝ぼけ眼のミスリルのベッドに駆け寄り、勢い込んで答える。

「だけどそれを、ただ形にするだけじゃ足りない。じゃあ今、どうすればいいかわかった」

「俺様は、アンが何をわかったのか、わかんないけどな」

「とにかく、手伝ってもらえれば有り難いの。いい？」

「そりゃ、かまわないけど」

大あくびをしたミスリルに「ありがとう」と礼を言い、窓辺のシャルのところへ向かった。

「シャル。わたし、これから砂糖菓子を作る。もう少し待ってもらえたら、三人で家に帰れる」

「作るのはいいが、着替えたほうがいいぞ」

胸元をちょんと突かれたので、そこへ目を向けると、薄手の寝間着が湿ったために胸の半分まで透けて見えていた。

「き、着替える！　今すぐ！」

胸を隠して飛び上がり、背中を向けた。シャルは小さく笑い、部屋の隅にあった樽を抱える。

「冷水を準備してやる」

シャルが外へ行ってくれたので、ミスリルが背中を向けている間に急いで着替え、髪を編む。

シャルが部屋に帰って来る頃には、ミスリルもぱっちり目覚め、作業台として使っているテーブルの上にやって来ていた。

「できるのか？　傷は痛まないか？」

冷水を器にくもうとしたとき、窓辺に戻っていたシャルに問われた。

正直、痛みはあった。だが我慢できないほどではない。

「大丈夫」

無理をしているのは見透かされている気もしたが、シャルは頷く。

冷水を手に作業台に戻り、銀砂糖に加える。冷水と銀砂糖が混じる、ひんやりとなめらかな感触を掌に感じながら練りはじめた。

ミスリルが整え、順に並べてくれた色粉の瓶を手に取ると、

「おい、アン！　おまえ、瓶を間違ってるぞ！」

仰天したようにミスリルが飛び上がる。

「間違ってない。あってるのよ、これで」

驚きに目を丸くするミスリルの前で、色をたっぷり、光沢を抑えた銀砂糖に混ぜる。

再び練り、色が均等に混じると成形に取りかかる。

（花びらは薄く、幾枚も重ねる）

石版の上にある銀砂糖の塊を、めん棒で薄紙のように均一にのばしていく。石板が透けるほどになると、道具を切り出しナイフに持ち替え、一気に花びらの形を切り出す。レースのように襞の多い花びらなので、小刻みに刃先を動かす。

切り出しナイフを置くと、一旦冷水に両手指を入れて、冷やす。

冷えた手指で、切り出した形をはがし、慎重にとりあげ、重ねていく。

練り、彩色し、切り出し、それを何度も繰り返す。

また別の色で練り、切り出す。

形を作るために指を冷やし、切り出した形を重ね、まとめ、繋げ、大きな形にしていく。

（今度は、光沢をあげる）

銀砂糖を石板にあけ、練る。銀砂糖そのものが艶々と輝くほどになめらかに。

それを薄く薄くのばし、細かい模様を切り出した蝶の羽にする。小さく丸めた粒は、露。

練り、切り出し、繋ぎ重ね、整えて、形になる――。

どれほど集中していたのかは、わからない。しかし薄暗かった室内に、窓から明るい日射しが射しこんでいた。昼はとっくに過ぎていたらしいが、気づかなかった。

日が落ちると、室内にランプを灯して手を動かし続ける。

ミスリルとシャルには休んでもらった。アンも少し横になったが、すぐにまた作業に戻った。

砂糖菓子の形を見るまで、熟睡などできない。食事もフィンリーが運んでくれたサンドイッチや果物などを、無心で口に入れるだけ。

そこまで慌てる必要はないと知っていたが、アンの心が、指が、急く。

早く形にしたい。そして銀砂糖が囁くのだ。早く形にして、と。

翌朝、夜も明けきらない暗い時間。

ふっと息をつき、手を止めた。

「できたのか」

窓辺のシャルが問うのと、ミスリルが、緊張を解いたように肩の力を抜き、砂糖菓子を見あげたのが同時だった。

「うん……」

うっすら額に滲んだ汗を拭い、答えた。

「これが？」

不思議そうに目をしばたたくミスリルに、アンは微笑む。

「うん。これなの。手放した後に残るものを、選んで、形にした」

壁際にいたシャルが、ぽつりと言う。

「いい色だ」

アンの顔はほころぶ。

「うん。わたしも、そう思うの」

言いながら壁に垂れているベルの紐を引くと、夜明け前にもかかわらず、すぐにフィンリーが顔を出した。

「なにか御用ですか」

「スカーレットに伝えてください、交渉したいと。ようやく、交渉ができますと」

そこでアンは窓の外へ目を向ける。日が昇るまでにはまだ少し時間がありそうなので、スカーレットは起きていないかもしれない。

「彼女は早起きです。もう仕事を始めていますから、伺って参りましょう」

アンの心配を察したようにそう言ったフィンリーは、きびすを返す直前、テーブルの上に並んだ二つの砂糖菓子に目をやった。

一つは、スカーレットに「失敗」と告げられた砂糖菓子。

もう一つは、今アンが完成させたばかりの砂糖菓子だ。

複雑そうな表情をしたフィンリーだったが、何も言わず出て行った。

程なくして彼は戻り、「今から、時間をくださるそうです。スカーレットの部屋へどうぞ」と告げた。砂糖菓子に保護布を被せると、一つをフィンリーに運んでもらい、もう一つをアンが運ぶことにした。

「行ってくるね。待ってて、二人とも。結果がどうあれ、これで家に帰れるから」

にかっとミスリルは笑って親指を立て、シャルは淡々と言う。

「おまえの砂糖菓子が、誰かの幸運になることを」

その言葉に背を押され、アンは砂糖菓子を手に姿勢を正し、スカーレットの部屋に向かった。


フィンリーが先に立ちスカーレットの部屋に入った。

まだ暗い部屋の中には、灯りが灯っている。

スカーレットは朝っぱらから仕事机について書類に目を通していたが、目の前に、保護布をかけられた砂糖菓子が置かれると、書類を机上に戻す。訝しげに片方の眉をあげた。

「二つ？」

フィンリーが置いた砂糖菓子の横に、アンは自分が運んできた砂糖菓子を置く。

「はい。二つです」

黙礼をしてフィンリーが部屋を出て行くと、二人きりになった。

「十七年前に、エマ・ハルフォードが作った砂糖菓子を再現しました。そしたら、二つになってしまったんです」

意味がわからないと言いたげなスカーレットの目の前にある、一方の砂糖菓子の保護布を、アンはゆっくりと取り去った。

「どうぞ、ご覧ください」

スカーレットは、どこか遠い場所を見つめるように、砂糖菓子に視線を向ける。

それは数日前、一度スカーレットに見てもらった、あの砂糖菓子だった。

「十七年前の砂糖菓子です」

「これは、この前に見せてもらった砂糖菓子ね。よく似てるけれど、何かが違うって言ったわ。忘れた？」

「いいえ、覚えています。でもこの砂糖菓子は、十七年前の形を再現するという意味では、完璧に近いものだと思うんです」

「わたしが、違うと言うのに？」

「ええ。形が同じでも、違うんです」

スカーレットは不可解そうな表情になる。

「どういう意味？」

一呼吸おき、答えた。

「同じものを作っても、その時の砂糖菓子に対して感じた気持ちは蘇らないんです。子どもの頃に大切で、世界一美しいと思っていた小さな石ころを、大人になって見るのと同じ。同じ石ころなのに、なぜあのとき自分には、あんなにきらきらして見えたんだろうって。本当にこの石ころは、自分があれほど大切に思っていた、石なのだろうかって。そう思うのと同じ」

まっすぐ、スカーレットを見つめる。

「一番大切な再現すべきものが、同じ形、同じ色では再現できないから、スカーレットがそう感じるのは、きっと当然なんです」

アンはゆっくりと、もう一方の砂糖菓子を被う布を取りあげた。

「こちらは十七年前の砂糖菓子の、最も大切だったものだけを選んで、再現しました」

現れた砂糖菓子に、スカーレットは目を見開く。

「あぁ、……なんて……綺麗なの」

思わずだろう、スカーレットが呟く。アンは笑みがこぼれる。

「そう言って欲しかったんです」

不思議そうにこちらを見やるスカーレットに、アンは告げた。

「だって十七年前、エマ・ハルフォードが作った砂糖菓子を見たとき、スカーレットはきっと似たようなことを口にしたと思うんです。綺麗って」

胸を衝かれたように、スカーレットの表情が驚きで固まった。

二つ目の砂糖菓子の形は、隣に並ぶ一つ目の砂糖菓子と同じだった。

しかし――色が違う。

花の色が、光に透けて、燃えさかる炎に似た深紅なのだ。

薄く透ける花びらを光が通ると、光は赤になる。すると花そのものが赤い光を含み、静かに燃えているようだった。ひかえめな光沢でありながら――ひかえめであるからこそ、その色が強く熱をおびているように見える。

(再現するべきは、形じゃない。たくさん手放し、真ん中に残る小さな輝き。それは――、そのとき砂糖菓子を手にしたスカーレットの気持ち。十七年前の、その瞬間の気持ち)

それは、たったひとつしか思いつかなかった。

（未来への希望）

愛する人を伴侶に得たスカーレットは、幸福な未来を夢見て希望に満ちていたはずだ。夫とともに、夫のために、夫の抱く幻の花を守るために全てを守れる自分になり、守ったものを誇る未来への希望に。

しかし今それが潰えたなら——新しい希望を示せばいい。

スカーレット自身のための、スカーレットの手による、彼女だけの未来への希望。

十七年前の砂糖菓子に、スカーレットが希望を見いだせるはずはない。

だとすれば今、別の希望を示せれば、それは十七年前とは違っていても、「希望」という最も大切なものは同じはずだった。枝をそぎ落とし、手放し、それが真ん中に残るもの。

「赤は、あなたの色です。あなたが手に入れる未来のための色は、これ以外にない。十七年前の砂糖菓子とは違うけれど、十七年前と同じ、きらきらした思いをスカーレットがこの砂糖菓子に見いだせるなら、これがスカーレットにとっての、十七年前と同じ砂糖菓子です」

目を瞬いていたスカーレットだったが、ぷっと噴き出し、顔を伏せて笑い出す。くすくす、くすくす笑いながら、それでもどこか嬉しげにスカーレットは口にした。

「詭弁だわね」

「ええ。詭弁です」

首をすくめ、アンも小さく笑った。

（やっぱり、言われちゃうわよね）

一つ目の砂糖菓子がどれほど十七年前の砂糖菓子を忠実に再現していようとも、スカーレットに「同じ」と認めてもらうのは困難だとわかっていた。

だからこそ、この二つ目にかけたのだが――スカーレットの評価は「詭弁」だ。

十七年前と同じ砂糖菓子を求められたのに、二つ目の砂糖菓子はまるっきり色が違うのだ。十七年前の砂糖菓子と同じく「希望」を見いだせる砂糖菓子だとしても、詭弁と言われれば詭弁。

しかし――。

「でも、真理かもしれません」

詭弁でありながらも、真理でもあるかもしれないとアンは思うのだ。だから作ったのだ。同じではない、砂糖菓子。詭弁であり真理である、砂糖菓子。

（どちらも、交渉としては失敗ね）

交渉に失敗したと、ヒューに報告しなくてはならないだろうが、気持ちは軽かった。交渉に失敗した残念さはあったが、満足感があった。

なぜならスカーレットが、嬉しそうに笑っているからだ。

その笑顔を見れば、スカーレット自身が気づいていなくとも、この砂糖菓子は彼女に必要なものだと思える。それを見つけ、形にできたのが職人として――誇らしい。

（わたしは、仕事を成しとげられた。交渉に成功しなくても）

笑い続けていたスカーレットだったが、ようやく顔をあげ、微笑む。ゆったりと椅子の背にもたれかかると、静かに口を開く。

「サイラスは昔から、馬鹿みたいに優しい男でね」

独り言のように、彼女は続ける。

「なんにでも、誰にでも同情して、すぐに力になりたいと言い出すような人だったのよ。子どもの頃のわたしは、育ちのいい人というのは、こんななのかしらと呆れてたわ。でもね、そのありようがとても美しく見えていた。こんな綺麗な男は、滅多にいないと思ってた。汚したくないし、彼を守れるのなら守りたかったのよ」

「だからなんですね。商会の仕事にサイラスさんを関わらせなかったのは、あの人に画家として成功して欲しかったからですよね。でもなんで、財産を全部商会名義なんかにしたんですか？　サイラスさんが不審がるかもしれないのに」

くすっとスカーレットは、自嘲気味に笑う。

「怖かったの」

あまりにも不似合いな言葉に、アンは「え？」と目を瞬く。

「サイラスの心が、わたしから離れるのが怖かったのよ。わたしのような教養もないうるさい女に、サイラスがずっと愛情を抱いてくれる自信がなかった。だからあれこれ言いくるめて、彼の財産を全部商会名義にしたの。わたしと別れたら、彼は財産を失うことになる。それでつなぎ止められると思った。結局は駄目だったけれど」

　啞然としたアンに、スカーレットは皮肉そうに笑う。

「あくどくて、いじましいでしょう？　わたしはそういう女なの。だから愛想を尽かされた」

　財産で愛を縛ろうとするのは確かにいじましいのかもしれないが、それだけサイラスを失いたくなかったのだ。自信に溢れたように見えるこの人も、愛には臆病で、自信がないのだ。

「きっと、素直に言えば良かったのね。あなたの愛を失うのが怖いのだって。怖くてたまらないって。あなたが好きでたまらないから、あなたを大切に大切にしたいんだって。あんな、いじましい真似なんかせずに」

「それを、いじましいと責められるほど、わたしは立派じゃないので。もし同じ立場になったら、そうしたいと考えるかもしれないので」

　大きく息をついたスカーレットは、目を閉じる。

「五、六年前。ジェインの噂が、この近辺でひろまった。両親を亡くして遠縁に引き取られていた彼女が、故郷の集落に帰ってきたけど、随分ひどい有様だって。わたしもその話を聞いた最初は、気の毒で、心が痛んだ。援助できないかしらって、少し思ったりした。わたしですらそうなんだから、サイラスが彼女を気にしないわけない」

「サイラスさんがジェインさんを選んだのは、同情だってことですか？」

「違うわ。サイラスは同情と愛情をはき違えるほど、愚かじゃない。最初は親切心であれこれかまったかもしれないけれど、そのうちに、彼女に恋したのよ。わたしにないものを、彼女に求めて、彼女にはそれがあった。そうなんじゃないの？」

目を開くと、スカーレットは同じ形の色違いの一対の砂糖菓子に視線を向ける。

「取り返しのつかないものもある。昔とまったく同じものなんて、どんなものにも望めない。だったら――今を受け止めて、一から始めるしかないのよね。それを、こんなお嬢さんから教えてもらえるんだから、不思議。あなたは伴侶を得るために、どんな困難があったのかしら？」

アンは首を横に振った。

「わたしには、立派な覚悟があるわけでもないし、わたし以上の困難に遭う人なんてざらにいます。そもそも、あまり考えが深くもないし。忘れっぽいって言われるし。でも」

深紅の花の砂糖菓子を、見おろす。

「燃えるような赤色は美しいし、それがスカーレットに似合うっていうことだけは、わかりました。砂糖菓子職人だから」

不意に、スカーレットが立ちあがった。彼女は机を回りこむと、アンの正面に立つ。その表情の真剣さに、アンは緊張した。

「スカーレット？」

ぴんと、張り詰めた気配が二人の周囲を満たす。

「あなたの交渉は成功したわ、アン」

厳かな声。

アンは目を瞬く。

スカーレットの言葉の意味を飲み込む前に、彼女は続ける。

「銀砂糖子爵に伝えなさい。砂糖林檎収穫についての契約をするから、段取りをするようにと」

驚き、絶句した。しばらくして、ようやく言葉が出る。

「交渉が成功？　スカーレットはわたしの作った砂糖菓子の一つは失敗って言ったし。もう一つには、詭弁って」

「『綺麗』と、わたしは口にしてしまったからよ」

スカーレットの肩に揺れる彼女の髪は燃えるような赤毛で、美しい。

「十七年前、エマ・ハルフォードの砂糖菓子を見た瞬間、わたしは『綺麗』と、確かに同じ言葉を口にした。綺麗なんて、いつでもどこでも使いそうな言葉だけど……確かに十七年前のあの瞬間と同じ驚きと喜びを、あなたの砂糖菓子を見たときに感じた。だから、交渉は成功」

砂糖菓子に目を向け、スカーレットは続ける。

「ただ、一つ。条件がある。赤い花の砂糖菓子は、わたしのものにする。けれどこちらの青い花の砂糖菓子は、わたしには必要ないものだから。これが必要な人に届けてちょうだい。これを見て、綺麗だって言える人を、あなたが適当に決めて、届けて」

「適当って……」

雑な指示に困惑して眉尻をさげると、スカーレットはわざとらしく考えるように顎に指を当て、しかつめらしい顔をする。

「そうね。例えば。結婚式もあげていない、質素なカップルで、夫は売れない画家で、妻はびくびくおどおどしているのに、馬鹿みたいに夫思いの人、とか」

「あ……」

スカーレットは、苦い笑みを浮かべる。

「あなたが決めて届けるのだからね？　いい？　わたしではないの」

アンの口元が、ほころぶ。

（やっぱり、この人は……強い）

自分の未練を斬り捨て、斬り捨てたぶん、幸福を相手へと贈る。

「わたしは、スカーレットが好きです」

綺麗な赤毛の女は、顔をしかめた。

「突然、なに？　あなたみたいなおチビちゃんに愛を告白されても、嬉しくない。でもね」

ふっと笑う。

「感謝はしてるわ。あなたの砂糖菓子のおかげで、わたしは、きっとこれから、自分自身からも自由になれる気がする」

その笑顔に、アンは見とれた。

叩きつけるような強烈な炎の笑顔ではなく、それは——寒い冬の日、手を温めてくれる優しい炎の笑顔だった。

「わたしは、あなたの砂糖菓子を受け取るわ。この砂糖菓子を手元に置いて、商売敵に勝って、エイワース商会を王国一番の店にする」

スカーレットが、手を差し出す。思い返せば初対面のときも、彼女はこうやって握手を求めた。それは対等な相手への挨拶で、スカーレットが最初からアンを、対等な人としてあつかってくれていたのだと改めて理解する。

強く、アンはスカーレットの手を握る。

「ありがとう、スカーレット」

「さあ、あなたは夫のもとへ、お帰りなさい。そして愛には素直にね。わたしのような間違いは、しないで」

自由にお行きと放つように、握った手を放したスカーレットは、アンに、青い花の砂糖菓子を押しつけた。それを受け取り、アンは敬意を込めて黙礼して部屋を出た。

部屋の外、扉のところには心配顔のフィンリーが控えていた。

「スカーレットは、砂糖菓子を受け取りましたか？」

頷くと、彼はほっとした表情になる。

「それは……良かった。これであの人は、一歩前に進めるのでしょう」

「心配なさっていましたよね、ずっと。スカーレットのこと」

「恩がありますので、彼女に。商売に失敗し、死ぬしかないと思っていたわたしを、絶望から救ってくれたんです。あんな態度の人ですから誤解を招きやすいですが。あの人は優しいので」

「わたしも、誤解しそうでした。でも今は、彼女が好きです。あなたも、スカーレットを……」

わざとらしくフィンリーは、視線を廊下の窓へと向けた。アンの問いには答えず、彼の口からは別の言葉がこぼれる。

「ああ、夜が明けますね」

窓の外に、鮮やかな朝焼けが広がっていた。炎のように燃えたつ太陽が、夜の闇をはらい、世界を照らしはじめていた。アンとフィンリーの足もとを、窓からの光が照らしている。

「フィンリー！」と、室内から呼ぶ声が聞こえた。彼はアンに向かって微かに笑み、「では、ハルフォードさん。ごきげんよう」と告げると、「今、参ります」と答えて部屋に入っていく。

（スカーレットには、見守ってくれる人がいる。新しい未来がある）

実のところ腰の傷は疼いていたが、それでも早足で自室に戻った。扉を開くと、テーブルの上にちょこんとミスリルがいて、窓辺にはシャルがいる。

うっすらとした朝日に照らされ、シャルの羽は柔らかな薄紅と薄水色を溶かした美しい色。
愛しさがわきあがり、幸福感があふれる。この気持ちを今、シャルに素直に伝えなければいけないと思えた。怖がりすぎたり、恥ずかしがりすぎたり、遠慮をしすぎたり、気遣いすぎたり、そんなことをしていたら、アンも間違ってしまうかもしれない。間違わないでと教えられたのだから、間違ってはいけないのだ。

(伝えなきゃ)

しかし言葉にするのは、どうも難しい。

だったら——。

「終わったのか？　交渉は？」

「終わった。砂糖林檎を収穫できるの」

砂糖菓子をテーブルに置くと、早足でシャルに近づき、思い切って首に抱きついた。

アンの方から抱きついたことに、シャルがすこし驚いた顔をする。

「どうした？　傷でも痛むか」

いつも抱きしめてくれて、甘く囁いてくれるのに、こうやってアンの方から抱きつかれ慣れない彼が、戸惑っているのがわかる。

(ちょっと、動揺してる？　シャルも、可愛いところがあるよね)

胸の奥が温かい。

「傷は、うん。ちょっと痛い。でも平気。シャルも、ミスリル・リッド・ポッドもいるから。それにね、わたし、教えてもらったの。人を大切にするのにも、間違ってしまうことがあるって。だからわたしは間違わないで、二人を大切にしたいと思うから――ちょっとだけ、二人を安心させられる大人になれる気もするの」

「アンの言ってることは、よくわかんないけど……」

と言いながらも、ミスリルは目尻を下げてにやにやしていた。

「いい眺めだなぁ」

「うるさい」

と、シャルはぴしゃりと返したが、反撃はそれだけで、ミスリルを無視してアンを抱きしめ返してくれた。彼の羽色が、さらに柔らかな輝きになる。

「家に帰ろう」

囁かれ、アンは頷く。

抱きつかれたことに驚き、シャルはしばらく戸惑っていたが、ふわふわとした感触に触れていると、蕩けるような温かさに満たされた。

アンを守るのがシャルの役目で、それが彼女のそばにいる最も大きな役割だと、今までは自負があった。

（守りたいとばかり、思っていた）

しかし――。

（守るどころか、俺はアンに、幾度も助けられる）

頼りなく細っこくて、愛らしい、少女だったアン。だが彼女はシャルの妻となり、しなやかに、強い、そんな女性へと成長している。

彼女は守られるだけでなく、シャルの隣を歩み、そして互いが必要なときに互いを支え合うような、今までシャルが知らなかった、特別すぎる存在になっている。

これほどに大切な存在が、自分の胸の中にあるのが震えるほどに嬉しい。

（こいつは、すこし大人になった）

恥ずかしがってばかりいたアンが、自分から抱きついてきた。それはまだ多分に、子どもが甘えるような無邪気さのある抱擁だったが――それが、可愛い。

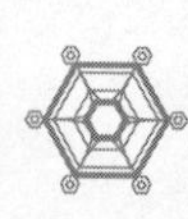

森の中の小さな家に住む画家とその妻に、銀砂糖師の娘の手で、砂糖菓子が届けられた。

夫婦は驚き、なぜこの砂糖菓子が届けられたのかと訊いた。

銀砂糖師は、砂糖菓子を夫婦に届けると自分が決めたのだ、と話した。意味がわからないというように首を傾げた二人に、銀砂糖師は悪戯っぽく笑った。そして、

「また詭弁だか、揚げ足取りだかって、怒られるかもしれないですけれど……」

そう言って、続けた。

「届けると決めたのは、わたしです。でも、それを届けて欲しいと願ったのは――」

銀砂糖師は、一人の女性の名を口にした。

画家は驚き涙ぐみ、妻は顔を覆って泣いた。

砂糖菓子にはカードも添えられていなかったし、伝言もない。

ただ、砂糖菓子そのものがメッセージだった。

どうか、お幸せに。

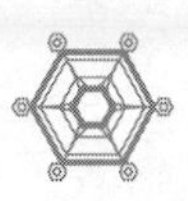

ウェストルから、ルイストン郊外にある小さな家に戻ってきたときには、傷はかなり良くな

っていた。そこまで長く留守をしていたわけではなかったが、砂糖林檎の木々に囲まれた家を目にすると、ほっとした。

「やっと帰ってきたぞ！　懐かしの我が家だ」

喜び勇んで、真っ先に御者台から飛び降りたミスリルは、ぴょんぴょん跳ね、戸口へ向かう。手綱を引いて、シャルが馬車を止める。アンの傷を慮って、帰途はシャルが御者を引き受けてくれていた。

先に御者台を降りたシャルは、アンが降りようとすると、手を差し出して助けてくれた。

「もう、それほど傷は痛まないからいいのに。こんなの、お姫様みたい」

彼は微笑する。

「ご希望なら、ずっと続けてやる」

「そんな希望ないから大丈夫」

周囲を見回し、伸びをした。

「やっぱり落ち着く。何ごともなく帰ってこられて良かった。結局、あのギルバートって人のことは、あれ以降なんにもないし」

シャルと一緒に戸口に近寄っていくと、ミスリルが不安げな顔でこちらをふり返った。両手で、手紙のような二つ折りの紙片を捧げ持っている。

「どうしたの？　それ、手紙？」

「家の扉の隙間に差し込んであったんだけど。見ろよ、これ」

ミスリルから受け取った紙を開いた瞬間――背筋に冷たいものが走る。


『やあ、アン。君に会いたくてここまで来たが、まだ君は帰宅していなかったね。仕方がないから、手紙を残して行くよ。君に会いたい。

僕はロックウェル州のコッセルにいる。会いに来て欲しい。

愛を込めて　ギルバート・ハルフォード』

アンの手からそれを引き取り、シャルが眉をひそめた。

「家を……ギルバート・ハルフォードは、わたしの家を知ってる。調べたの？」

手紙を握り、シャルの目が鋭く光る。

「捨て置けないのかもしれない、この男のことは」

風が吹き、砂糖林檎の枝が鳴った。もうすぐ砂糖林檎が色づき、収穫のときが来る。

あとがき

　こんにちは、三川みりです。角川ビーンズ文庫では大変ご無沙汰しておりましたが、ありがたいことに、こうしてまた読者の皆さまにお目にかかる機会を頂きました。

　この物語は、七年前に完結した『シュガーアップル・フェアリーテイル』シリーズの続き、新章です。

　シリーズ完結のとき、もう二度とアンとシャルの物語を書くことはないと思っていたのですが、なんの奇跡なのか——再び、彼らの世界の扉を開くことになりました。さらに二〇二三年にはＴＶアニメ化もされます。

　物語に登場する砂糖菓子が幸福を招くというのは、当然ながらフィクションです。しかしシリーズが十七巻も続き、これ以上ないほどに満足して完結できたとき、嘘から出たまことか、砂糖菓子の招いた幸福かと感慨深かったのですが、またもや砂糖菓子の招いた幸福なのかと驚きます。

　そんなこんなで形になりました、新章です。シリーズ完結まで読んでくださった読者の皆さまに、完結後のアンたちがどんな生活をしているのか垣間見てもらえ、少しでも楽しんでもらえる機会になれば嬉しいです。

こちらの新章から手に取ってくださる読者さまにも、楽しんでもらえたらいいなと思っています。アンとシャルの夫婦が結婚するまでどんな紆余曲折があったのか、気になる方は、シリーズ一巻も手に取ってもらえれば嬉しいです。

シリーズ一巻と新章一巻を比べ、一番の読みどころはシャルの変化ぶりかと。すかした妖精がデレデレになっているのを、突っ込みながら楽しんでもらえれば……きっと、シャルは嫌な顔をしますが、ミスリルが全力で喜んでくれます。

新章もイラストを描いてくださった、あき様。本当に、本当に、ありがとうございます。あき様の絵があってこそ形になった物語なので、感謝がつきません。

担当様。はじめて一緒にさせて頂く仕事がシュガーアップル関連のあれこれで、めちゃくちゃ大変かと思います。わたしも探り探りの再始動で、とんでもなくご迷惑をおかけしておりますが、引き続きよろしくお願いいたします。

最後になりますが、読者の皆さま。間違いなく、皆さまがいてくださったからこその新章です。ありがとうございます。少しでも皆さまに楽しんでもらえたらと、心から願います。

この本を手に取ってくださった皆さまに、最大級の感謝を捧げます。

三川みり

「シュガーアップル・フェアリーテイル 銀砂糖師と深紅の夜明け」の感想をお寄せください。
おたよりのあて先
〒102-8177 東京都千代田区富士見2-13-3
株式会社KADOKAWA 角川ビーンズ文庫編集部気付
「三川みり」先生・「あき」先生
また、編集部へのご意見ご希望は、同じ住所で「ビーンズ文庫編集部」
までお寄せください。

シュガーアップル・フェアリーテイル　銀砂糖師(ぎんざとうし)と深紅(しんく)の夜明(よあ)け

三川(みかわ)みり

角川ビーンズ文庫　23491

令和5年1月1日　初版発行

発行者――――山下直久
発　行――――株式会社KADOKAWA
〒102-8177　東京都千代田区富士見2-13-3
電話 0570-002-301（ナビダイヤル）
印刷所――――株式会社暁印刷
製本所――――本間製本株式会社
装幀者――――micro fish

ISBN978-4-04-113299-9 C0193 定価はカバーに表示してあります。　◇◇◇